講談社文庫

素晴らしき世界(上)

マイクル・コナリー｜古沢嘉通 訳

講談社

レネイの生みの親
ミッチ・ロバーツ刑事へ捧ぐ

目次

素晴らしき世界（上）

●主な登場人物〈素晴らしき世界　上巻〉

レネイ・バラード　ロス市警ハリウッド分署深夜勤担当刑事

ハリー・ボッシュ　サンフェルナンド市警刑事（予備警察官）　元ロス市警敏腕刑事

スタン・〝レリック〟・ドヴォレク　ロス市警ハリウッド分署巡査部長

マンロー　ロス市警ハリウッド分署警部補深夜勤当直司令官

デイジー・クレイトン　未解決殺人事件被害者（享年十五）　エリザベスの娘

ロバート・オリバス　ロス市警本部強盗殺人課警部補　ハリウッド・セクシャル・ハラスメント特捜班管理職

ルシア・ソト　ロス市警本部強盗殺人課ハリウッド・セクシャル・ハラスメント特捜班担当刑事　ボッシュの元相棒

セサール・リベラ　ロス市警ハリウッド分署性犯罪課刑事

ベラ・ルルデス　サンフェルナンド市警上席刑事

オスカー・ルゾーン　サンフェルナンド市警刑事

ダニー・システ　サンフェルナンド市警刑事

トレヴィーノ　サンフェルナンド市警警部

アンクル・マーダこと、クリストバル・ベガ　暗殺されたギャング組織サンフェル団のボス

マーティン・ペレス　元サンフェル団員

アーウィン・ローゼンバーグ　サンフェルナンド市警巡査部長

エリザベス・クレイトン　元麻薬中毒者　デイジーの母親

ティム・ファーマー　自殺したハリウッド分署パトロール警官

ヘザー・ルーク　ロス市警航空部隊観測手（スポッター）　バラードの友人

ジョン・マクマレン　ムーンライト・ミッションの牧師

トランキロ・コルテス　サンフェル団幹部

アーロン・ヘイズ　ライフガード　バラードの恋人

ハンナ・チャベス　ハリウッド分署警部補午後勤担当

ロジャー・ディロン　バイオハザード清掃業者

ハイメ・エンリケス　サンフェル団お抱え医師

ダニー・モナハン　スタンダップ・コメディアン

エフレム・ゾカロ　自動車修理工場オーナー

カルロス・メヒア　ペレス銃撃の容疑者

アンソニー・バルデス　サンフェルナンド市警本部長

マデリン（マディ）　ボッシュの愛娘

BALLARD

1

パトロール警官たちは玄関扉をあけっぱなしにしていた。よかれと思ってその場所の空気を入れ換えたのだ。だが、それは証拠汚染につながるため、事件現場の遵守規則に違反していた。昆虫が出入りする可能性があった。風が家に入りこんでわずかなDNAが本来の場所から動かされる可能性があった。においは微粒子だ。事件現場の空気の入れ換えは、その事件現場の一部が失われることを意味した。

だが、ここにいるパトロール警官たちがそうした事実をすべて心得ているわけではなかった。バラードが当直担当の警部補から受け取った報告書では、死体はエアコンが切られている閉め切った家で二、三日置きっぱなしになっていたという。警部補の言葉を借りれば、袋詰めにされたスカンクのように熟れていた。

バラードのまえには、白黒ツートンのパトカーが二台、縁石に寄って停められていた。バラードの車のまえに三人の制服警官が立って、待っていた。彼らが死体とともにに室内に留まっているとは、バラードはあまり期待していなかった。

　上空ではヘリコプターが高度九十メートルのところを旋回しており、強力なサーチライトを目のまえの道路に当てていた。旋回する機体が飛び去らないよう光のつなぎ紐でくくりつけられているかのようだった。

　バラードはエンジンを切ったが、しばし、小型車のなかで座っていた。二軒の家のあいだの隙間に車を停めており、その隙間から、眼下の広大なカーペットに街明かりが広がっているのが見えた。ハリウッド大通りが細くて狭い道路になって山のなかを曲がりくねり、厳密に住宅しか建てられない場所にたどり着くという事実を知っている人間はあまり多くない。ここは、来訪者がコスチュームをまとったスーパーヒーローや歩道の星形プレートとともにポーズを取っている観光の聖地であるハリウッド大通りの輝きと汚れからはるかに遠ざかっている。ここで幅を利かせているのは金と権力であり、山の手での殺人は、ロス市警の主砲クラスを引っ張りだすのがつねだ、とバラードは心得ていた。バラードはいっとき子守をしているだけだった。この事件をそんなに長くは担当しないだろう。ウェスト方面隊の殺人課か、ひょっとしたらダウンタウンの市警本部強盗殺人課が引っ張りだされるかもしれなかった。死者がだれなのか、どんな社会的地位の持ち主なのか次第で。

バラードは景色から目を逸らし、手帳を見られるように室内灯を灯した。この日最初の呼び出し先から移動してきたところだった。メルローズのはずれで起こったありふれた住居侵入窃盗事件で、ハリウッド分署に帰ったらすぐ作成する予定の報告書のためのメモを手帳に記していた。手帳をめくって、なにも書かれていないページを出し、そこに時刻——午前一時四十七分——と住所を記した。晴れて穏やかな気候であるというメモも記した。そののち、室内灯を消すと、青い点滅灯を点けたまま外に降りた。車のうしろに移動し、トランクをあけ、事件現場キットに手を伸ばす。

月曜の未明で、一週間続くことになっている単独勤務の最初のシフトであり、少なくとも一着、ひょっとしたら二着のスーツが必要になるかもしれない、とわかっていた。なぜなら、一着は腐敗臭でダメになるからだ。いま着ている上着を脱いで丁寧に畳むと、トランクに置いている空の証拠保管用段ボール箱のひとつに置いた。ビニール袋から事件現場用カバーオールを取りだし、ブーツとスラックスとブラウスの上にまとった。ジッパーをあごまで引き上げると、バンパーに片足ずつブーツを乗せ、足首のまわりの折り返しをベルクロで締めた。手首のまわりもおなじように締めると、着衣は密封された。

キットのなかからバラードは使い捨て手袋と、強盗殺人課時代に検屍解剖に立ち会う際に用いていたマスクをつかむと、トランクを閉め、三人の制服警官に加わるため、歩いていった。近づいていくと、三人が担当エリアのボスであるスタン・ドヴォレク巡査部長と、ふたりの巡査だとわかった。墓場勤務（シフト）に長く勤めたおかげで彼らは、楽でのんびりしたハリウッド・ヒルズをパトロールの持ち場にしていた。

ドヴォレクは、禿（は）げかけており、パトカーに永年座りすぎたことからくる太鼓腹の持ち主だった。腕組みをしてパトカーのフェンダーに寄りかかっている。骨董品（レリック）の名で知られていた。深夜勤務（レイトショー）を担当するのがほんとうに好きで、かなりの歳月をそこで費やしてきた人間はみな、あだ名をつけられる羽目に陥る。ドヴォレクは、現在の記録保持者で、ほんの一月まえに深夜勤務勤続十周年を祝ったところだった。ドヴォレクといっしょにいる巡査、アンソニー・アンゼローンとドワイト・ドウセットは、それぞれキャスパーとデュースというあだ名だった。バラードは墓場勤務に就いて三年ほどであり、まだあだ名をつけられてはいなかった。少なくとも本人の知るかぎりではまだ。

「やあ」バラードが声をかけた。

「ほお、サリー・ライドじゃねえか」アメリカ女性初の宇宙飛行士の名をドヴォレクは口にした。「いつスペースシャトルは離陸するんだ？」

バラードは両腕を広げて自分の姿を見せた。たしかにカバーオールはダボッとしていて、宇宙服に見えなくもない。ひょっとしたら、いまこの瞬間、あだ名を授かったのかもしれない、とバラードは思った。

「そんなことはけっして起こらないだろうけどね」バラードは言った。「で、どうしてあの家から追いだされたの？」

「あそこはえげつないぞ」アンゼローンが言った。

「すっかり熟れている」ドウセットが付け加えた。

レリックが車のトランクを押し、その反動で体をまっすぐにすると真顔になった。

「白人女性、五十代、鈍器による外傷と顔面裂傷のようだ」ドヴォレクは言った。「何者かがガイシャをひどく痛めつけた。室内が荒らされている。押し入り強盗かもしれない」

「性的暴行は？」バラードは訊いた。

「ネグリジェがまくれ上がっていた。むきだしだった」

「わかった、なかに入るわ。勇敢なぼくたちのどちらが案内してくれる？」

すぐには志願者が現れなかった。

「デュース、おまえのほうが番号が大きい」ドヴォレクが言った。

「クソ」と、ドウセット。

ドウセットは三人の警官のなかでいちばん若手だった。そのため、もっとも大きな識別番号の持ち主だった。ドウセットは首に巻いていた青いバンダナを外して、口元を覆った。

「クリップ団の団員みたいだぜ」アンゼローンが言った。

「なぜだ、おれが黒人だからか？」ドウセットは問い返した。

「なぜなら青いバンダナを巻いているからだ」アンゼローンが答える。「もしそれが赤いバンダナだったら、ブラッド団員みたいだと言っただろうな」

「案内しろ」ドヴォレクが言った。「ここで一晩じゅう待っているのはごめんだ」

ドウセットは無駄話を切り上げ、家のあいたドアに向かった。バラードはあとにつづいた。

「ところでこんな遅くに通報があったのはどうして？」バラードは訊いた。

「隣に住んでいる人間にニューヨークにいる被害者の姪から連絡があったんだ」ドウセットは言った。「隣人は合い鍵を持っており、ここ数日、この家の女性がソーシャルメディアにも携帯電話にも応答してこないので、確かめてくれ、と姪に頼まれた。隣人がドアをあけたところ、悪臭に襲われ、警察に通報した」

「午前一時に？」

「いや、それよりずっとまえにだ。だが、昨夜は、午後勤の人間全員が、フォー・ファイブ・ナイン（カリフォルニア州刑法典四百五十九条で定義されている「窃盗目的の住居不法侵入罪」を指す）の容疑者がいる強盗事件に出ずっぱりで、シフトの終わりまでパーク・ラブレア周辺に釘づけになっていた。だれもここに来なかった。それで点呼の際におれたちにパスされたんだ。これでもおれたちはできるだけ早く来たんだぜ」

バラードはうなずいた。強盗容疑者に関する状況は、疑わしかった。閉ざされた家のなかで死体が腐っている可能性のある事件にだれも取り組みたくないため、シフトからシフトへ責任転嫁されたというほうがありそうだ、とバラードは思った。

「いまその隣人はどこにいるの？」バラードは訊いた。

「自宅に戻った」ドウセットが答える。「たぶんシャワーを浴び、鼻の穴にヴェポラッブを塗りこんでいるだろう。忘れられない経験になったんじゃないかな」

「たとえ家のなかに入らなかったと言ったとしても、容疑者から除外するため、その人の指紋を採取しないと」

「わかった。指紋採取車をここに呼び寄せる」

ラテックスの手袋をパチンとはめると、バラードはドウセットのあとから戸口を通り抜けて家のなかに入った。マスクをつけていても無駄だった。口で息をしていたにもかかわらず、死体が放つ強烈な腐敗臭に襲われた。

　ドウセットは背が高く、肩幅も広かった。バラードは家の奥に進み、ドウセットを避けて通るまで、なにも見えなかった。その家は片持ち梁で丘の斜面に建っており、床から天井までガラスのはまった掃き出し窓から、またたく街明かりの息を呑む光景が望めた。こんな遅い時間でも街は生きており、大いなる可能性に満ちあふれているようだった。

「あなたたちが入ってきたとき、ここは明かりが灯っていなかったの？」バラードが訊いた。

「おれたちがここに到着したときはいっさい明かりは灯っていなかった」ドウセットが答える。

　バラードはその答えを心に留めた。明かりが灯っていなかったのは、侵入が昼間のうちに起こったか、家のオーナーが寝静まった夜遅くに起こったかを意味している可能性があった。たいていの不法侵入は、昼間の泥棒によるものだとバラードは知っていた。

　手袋をはめているドウセットがドアの横にある壁のスイッチを叩いて、天井に並んでいる照明を点灯させた。室内はオープン・ロフト形式で、リビング、あるいはダイニングあるいはキッチンのどこからでも窓からの全景を見られるようになっていた。圧倒的な景色は、反対側の壁に飾られた三枚の大きな絵で釣り合いを取られていた。女性の赤い唇を描いた連作の一部だ。

アイランド型のキッチン付近の床に、割れたガラスが落ちているのにバラードは気づいたが、割れた窓は見当たらなかった。

「外から侵入した形跡は？」バラードが訊いた。

「見たかぎりではない」ドウセットが答える。「いたるところに壊れたものがあるが、窓は破られていないし、明白な侵入箇所も見つかっていない」

「わかった」

「死体はこっちだ」

ドウセットはバンダナで口元を覆い、強くなりつつある悪臭に対する第二次防衛ラインとしながら、リビングのそばの廊下に移動した。

バラードがあとにつづいた。この家は平屋建てのコンテンポラリー建築だった。一階だけで充分だった五〇年代に建てられたものだろう。こんにちでは、丘の斜面を上に向かって築かれていくどんな建物も、条例が認める高さ制限の最大限度まで複数階建てになっていた。

寝室のひとつとバスルームに通じるあいた戸口を通り抜け、主寝室に入った。床に電気スタンドが倒れている。シェードがへこみ、電球は割れていた。衣服がベッドの上に乱雑に投げだされている。赤ワインとおぼしき酒が入っていたグラスの長いステムが白い敷物（しきもの）の上で折れ、中身を飛び散らせて染みをこしらえていた。

「さあ、どうぞ」ドウセットが言った。

彼はバスルームのあいているドアを指し示し、バラードを最初に通そうと、一歩退いた。

　バラードは戸口に立ったが、バスルームのなかには入らなかった。被害者は床に仰向けに倒れていた。大柄な女性で、両手両足を大きく広げていた。目は見開かれたままで、下唇が切れ、右側の頬の上部がパックリとひらいて、くすんだピンク色の組織が覗（のぞ）いていた。こちらからは見えない頭皮の傷から流れた血が乾いて後光状になり、四角い白タイルの上に置かれた女性の頭を囲んでいた。

　ハミングバードの絵柄の付いたネルのネグリジェが腰のところからまくれあがり、腹を越え、乳房のまわりで丸まっていた。はだしの両足のあいだが九十センチほど離れていた。外性器に目につく擦り傷や裂傷はなかった。

部屋の奥にある床から天井までの鏡に映る自分の姿をバラードは見た。戸口にしゃがみこみ、両手を太ももに置いたままにした。タイル張りの床に足跡や血痕やそのほかの証拠を探した。死んだ女性の頭のまわりに溜まり、乾いた血の後光を別にして、死体と寝室のあいだの床に小さな血痕が点々と付いているのが目についた。

「デュース、玄関のドアを閉めてきて」バラードは言った。

「ほい、わかった」ドウセットは言った。「なにか理由でもあるのかい？」

「いいから、やって。それからキッチンを調べて」

「なにを調べるんだ？」

「水を入れるボウルが床にないかどうか。いって」

ドウセットが立ち去り、その重たい足音が廊下を遠ざかっていくのが聞こえた。バラードは立ち上がるとバスルームに入った。注意深く壁際を歩いて死体に近づくと、ふたたびしゃがみこんだ。手袋をはめた手をタイルに置いてバランスを保ちながら、まえかがみになって、頭皮の傷を調べようとした。亡くなった女性のこげ茶色の髪の毛は、量が多く、くせ毛だったので、傷口を突き止められなかった。

バラードはバスルームのなかを見まわした。浴槽は大理石の縁面に囲まれており、その縁面にはバスソルトが入った何本もの広口壜や燃え尽きたキャンドルが置かれていた。縁面の上には折り畳まれたタオルも一枚置かれていた。バラードは浴槽のなかを覗けるように体勢を変えた。浴槽のなかは空だったが、排水口の栓ははまったままだった。ゴム製の外縁が排水止めになるタイプの栓だった。バラードは手を伸ばし、数秒間、冷水を出してから止めた。

立ち上がり、浴槽の縁に近づく。排水口が浸かるくらいの水を入れていた。じっと眺め、待った。

「水を入れるボウルがあった」

バラードは振り返った。ドウセットが戻ってきた。

「玄関のドアは閉めた？」バラードは訊いた。

「閉まっている」ドウセットが答える。

「わかった、まわりを調べて。猫だと思う。少なくとも小動物だと。動物保護局に連絡してちょうだい」

「なんだって？」

バラードは死んだ女性を指さした。

「動物の仕業。餓えた動物のね。柔らかい組織から食べはじめるもの」

「おれをからかってるのかい？」

バラードは浴槽に視線を戻した。出した水の半分がなくなっていた。排水口のゴム栓は劣化しており、ゆっくり漏れるようになっていた。

「顔の傷には出血はなかった」バラードは言った。「死後ついた傷。後頭部の傷が死因ね」

ドウセットはうなずいた。

「何者かが被害者の背後から近づいてきて、頭蓋骨を砕いたんだ」ドウセットは言った。

「違う」バラードが答える。「事故死だな」

「どうして？」ドウセットは訊いた。

バラードは浴槽の縁面に置かれている物の配列を指さした。

「腐敗状態に基づくと、三日まえに起こったんじゃないかな」バラードは言った。「寝る準備をするため、家の明かりを消す。たぶん寝室の床にあったあの電気スタンドだけ残して、ほかの明かりは消したんでしょうね。そのあと、ここに入ってきて、お湯を張り、蠟燭（ろうそく）に火を点け、タオルを用意した。湯気でタイルが濡（ぬ）れ、足を滑らせた。ひょっとしたら、ベッドテーブルにワインを入れたグラスを置いてきたのを思いだしたのかもしれない。あるいは、浴槽に入れるようネグリジェを脱ぎはじめたときかもしれない」

「電気スタンドとこぼれたワインはどう説明するんだい？」ドウセットは訊いた。

「猫の仕業でしょう」

「で、ここにただ立っているだけで、いまの推理を全部導きだしたのかい？」

バラードはその質問を無視した。

「彼女はかなり体重過多な体型をしている」バラードは言った。「服を脱ごうとしているときにいきなり向きを変えたせいで──『ああ、ワインを忘れちゃった』とか──足を滑らせ、浴槽の縁で頭蓋骨を骨折したのかもしれない。彼女は亡くなり、蠟燭は燃え尽き、お湯はゆっくりと排水口から漏れていった」

その説明にドウセットはただ押し黙っていた。バラードは死んだ女性の傷だらけの顔を見おろした。

「二日かそこらして、猫はお腹が空いてきた」バラードは締めくくった。「空腹のあまりおかしくなっているころ、彼女の存在に気づいた」

「なんてこった」と、ドウセット。

「パートナーをここに呼んで、デュース。猫を捜すの」

「でも、ちょっと待った。風呂に入ろうとしていたなら、どうしてネグリジェを着ていたんだ？　風呂に入ってからネグリジェを着るもんじゃないのかい？」

「わかるもんですか。ひょっとしたら彼女は仕事か夕食から戻ってきて、ネグリジェに着替え、くつろいでいたのかもしれないし、ＴＶを見ていたのかもしれない……それからお風呂に入ろうとしたのかも」

バラードは鏡を指し示した。

「彼女は肥満体でもあった」バラードは言った。「自分の裸の姿が鏡に映るのを見たくなかったのかもしれない。だとすれば、帰宅して、ゆったりした寝間着に着替え、お風呂に入るまで服を着たままだったのかも」

バラードは踵を返し、ドウセットの横を通り過ぎて、バスルームから出た。

「猫を捜して」バラードは言った。

2

午前三時までにバラードは死亡事案の現場を引き払い、ハリウッド分署に戻って、刑事部の間仕切りスペースで仕事をしていた。刑事部は、昼間は四十八名の刑事用のワークステーションが置かれている広大な部屋だが、真夜中を過ぎるとがらんとしており、バラードはいつも好きな場所を選んでいた。建物前方の廊下に面した当直司令官のオフィスから漏れでる雑音や無線交信の音から遠く離れている奥の隅にある机を選んだ。午前五時七分という時間には、バラードはコンピュータ画面とワークステーションの間仕切り壁に囲まれて腰を据え、塹壕（ざんごう）に入った兵士のように隠れられた。集中して報告書を仕上げられた。

この夜、早くに呼びだしがかかった住居侵入事件の報告書がまず完成し、いまは浴槽事案の死亡報告書を清書しようとしていた。この死亡事案を検屍待ちの未決定事件と分類することになるだろう。バラードは万全の手を打ち、鑑識カメラマンを呼びだし、猫を含め、あらゆることを書類にまとめた。事故死という決定に被害者の遺族や、もしかしたら上司からもあとでとやかく言われる可能性がある、とバラードはわかっていた。しかしながら、検屍で犯罪行為を示唆するものは見つからず、最終的に死因は事故と判定されるだろうとバラードは確信していた。

バラードはひとりで働いていた。パートナーのジョン・ジェンキンズは、現在、忌引で休んでいた。深夜勤務で働く刑事の代理はいなかった。バラードは、少なくとも一週間単独で勤務する週の最初の夜をなかばまで終えていた。単独勤務がいつまでつづくかは、ジェンキンズがいつ戻ってくるか次第だった。ジェンキンズの妻は癌によるる長く、苦痛に充ちた闘病生活ののち亡くなった。その死はジェンキンズの心を引き裂き、バラードは必要なだけの時間をかけるようにとパートナーに告げた。

二件目の捜査について詳細を書きつけた手帳をひらくと、なにも書かれていない事件報告書を画面上に呼びだした。入力をはじめるまえにあごを引き、ブラウスの襟を鼻のところまで引き上げた。腐敗臭と死臭がかすかに感じられる気がしたが、衣服に浸透しているのか、たんなる嗅覚記憶なのか、定かではなかった。とはいえ、今週このスーツを着ていようという計画はうまくいかないことを意味していた。クリーニングに出すことになろう。

頭を下げていると、ファイル用引き出しが閉じられる金属と金属のぶつかる音が聞こえた。顔を上げ、ワークステーションの間仕切り越しに刑事部の向こう側を見た。部屋のひとつの壁面の端から端までを引き出しが四本あるファイル・キャビネットが埋めていた。すべての刑事ペアが四本の引き出しを保管用に割り当てられている。だが、中身を確認するためにあらたな引き出しをあけているところをバラードが目にした男は、見覚えのある刑事ではなかった。月に一度の刑事部合同会議に参加することで分署所属の刑事全員をバラードは知っていた。その合同会議のときだけ、日中にバラードは分署に出勤していた。どうやらキャビネットを手当たり次第に確かめているとおぼしき男は、白髪頭で、口ひげを生やしていた。バラードは本能的に男が分署に所属しているのではないとわかった。ほかにだれかいないかどうか、刑事部屋全体に目を走らせる。部屋にはほかにだれもいなかった。

男はまたしても別の引き出しを開け閉めした。その開閉音を利用して、バラードは椅子から立ち上がる音を消した。かがみこみ、並んでいるワークステーションの間仕切りをブラインドにして、中央通路に移動した。そこを通れば侵入者に見られずに背後にまわれるだろう。

バラードはスーツの上着を車のトランクに入れた段ボール箱のなかに置いてきた。

それによって腰のホルスターに挿したグロックになににも邪魔されずに手を伸ばせた。銃把に手を置き、男の三メートルうしろで足を止めた。

「なにしてるの？」バラードは訊いた。

男は凍りついた。なかを調べていたあいた引き出しからゆっくりと両手を持ち上げ、バラードに見えるようにそのまま動かさずにいた。

「それでいい」バラードは言った。「さて、あなたは何者で、なにをしているのか教えてもらえるかしら」

「名前はボッシュだ」男は言った。「人に会いに来た」

「ふーん、ファイルのなかに隠れている人に？」

「いや、昔ここで働いていたんだ。まえの部屋にいるマネーとは知り合いだ。おれが会いに来たやつを呼び戻すまで休憩室で待っていればいいとマネーに言われた。ちょっとぶらついていたんだ。すまん、悪かった」

バラードは厳戒態勢を緩め、銃から手を離した。ボッシュという名前に聞き覚えがあり、当直司令官のあだ名を知っているという事実も、警戒心を緩めさせた。だが、まだ疑いを持っていた。

「昔のキャビネットの鍵をずっと持っていたの？」バラードは訊いた。

「いや」ボッシュは答えた。「鍵がかかっていなかった」

キャビネットの一番上にある押し込み式錠が突き出ていて、まさに解錠位置にあるのをバラードは見て取った。たいていの刑事は鍵をかけて捜査ファイルを保管している。

「身分証明書のたぐいは持ってます？」バラードは訊いた。

「もちろん」ボッシュは言った。「だが、一応言っておくと、おれは警察官だ。左の腰に銃をつけているので、身分証明書に手を伸ばすと、銃が見えるだろう。それでかまわないか？」

バラードは手を自分の腰に戻した。

「知らせてくれてありがとう」バラードは言った。「じゃあ、当面、身分証明書を忘れて。まず武器を確保させてちょうだい。それから――」

「そこにいたのか、ハリー」

バラードは右を向き、当直司令官のマンロー警部補が刑事部屋に入ってきたのを見た。マンローは、痩せぎすの男で、ふだん分署に閉じこもって、めったに外に出ないにもかかわらず、いまでもパトロール警官のようにベルト近くに手を浮かして歩く人間だった。ベルトを改造して、銃を携行できるようにしていた。銃の携行は義務だった。それ以外のかさばる装備は、机の引き出しのなかに入れっぱなしになっていた。マンローはボッシュほどの年齢ではなかったが、口ひげを生やしていた。それは七〇年代や八〇年代に警官になった男性には標準だったようだ。

マンローはバラードを見て、身構えている姿勢を読み取った。

「バラード、どうした？」マンローは訊いた。

「この人がここに来て、ファイルを漁（あさ）っていたんです」バラードが答える。「彼が何者なのか知りませんでした」

「警戒しなくていい」マンローは言った。「悪い人間じゃない——もともと、ここの殺人課に勤務していたんだ。殺人課があった当時に」

マンローは視線をボッシュに向けた。

「ハリー、いったいなにをしていたんだ？」マンローは訊いた。

ボッシュは肩をすくめた。

「おれの古い引き出しを調べていただけなんだ」ボッシュは言った。「待つのに飽きてきたというか」

「ドヴォレクは署に戻っていて、報告書作成室で待っている」マンローは言った。「いまから話をしにいってくれ。あいつをストリートの巡邏（じゅんら）から外しておきたくない。おれの部下のなかでもっとも優秀な人間であり、ストリートに戻したいんだ」

「わかった」ボッシュは言った。

ボッシュはマンローのあとについて、建物前方の廊下に向かった。その廊下は、当直司令室と、ドヴォレクの待っている報告書作成室に通じていた。ボッシュは歩きながらバラードを振り返り、うなずいた。バラードはボッシュが立ち去るのをただ見ていた。

ふたりがいなくなると、バラードはボッシュが最後に覗きこんでいたファイル用引き出しに近づいた。引き出しには一枚の名刺がテープで留められていた。だれもが自分たちの引き出しにおなじように名刺を貼っていた。

セサール・リベラ刑事
ハリウッド分署性犯罪課

バラードは引き出しの中身を確認した。中身は半分ほどしか埋まっておらず、フォルダーが手前に倒れており、おそらくはボッシュがめくっているあいだに倒れたのだろう。フォルダーを押し戻して立て直し、リベラがインデックス・ラベルに書きこんだ内容を読めるようにした。ラベルに書かれていたのは、ほとんどが被害者の氏名と事件番号だった。それ以外のラベルには、ハリウッド分署管轄の主な通りの名前が記されており、おそらく疑わしい活動や人物に関する雑多な報告書が入っているのだろう。

バラードは引き出しを閉め、その上の二段の引き出しを調べた。記憶にあるかぎりでは、ボッシュが少なくともその三段をあけていた音を聞いた。

その二段の引き出しも最初の引き出しと似ており、主に被害者の氏名、特定の性犯罪の種類、事件番号によって区分されている事件フォルダーが入っていた。一番上にある引き出しで、曲げて、捻られた一個のペーパークリップが落ちているのにバラードは気づいた。キャビネットの最上部の隅にある押し込み式錠を仔細に眺める。簡単な仕組みの錠であり、ペーパークリップで易々と解錠できるものだ、とバラードは知っていた。記録類の防犯措置は重視されていなかった。高度な防犯措置が施されている警察署内に置かれていたからだ。

バラードは引き出しを閉め、錠を押しこみ、それまで使っていた机に戻った。ボッシュの深夜の来訪にまだ興味をそそられていた。ボッシュがファイル・キャビネットを解錠するのにペーパークリップを使ったとバラードはわかっており、あの男が引き出しの中身に漠然と関心を抱いていただけではないのを示していた。過去を懐かしんで昔の自分のファイルを調べていたという話は、嘘（うそ）だ。

　バラードは机に置いたコーヒーカップを手に取り、廊下を通って、一階の休憩室にいき、注ぎ直そうとした。休憩室はいつものように無人だった。コーヒーを注ぎ、そのカップを持ったまま当直オフィスへ向かった。マンロー警部補は机に座り、展開画面を見ていた。そこには分署管轄地域の地図と、個々のパトロール・チームのGPSマーカーのありかが示されていた。マンローの真うしろにいき、バラードは声をかけた。

「静かな夜ですか？」バラードは訊いた。

「いまのところは」マンローが答える。

　バラードはおなじ箇所に三つのGPSピンが集まっているのを指し示した。

「そこでなにが起こっているんです？」

「〈マリスコス・レイエス〉のトラックが停まっている場所だ。そこで三チームに休憩（コード・7）を取らせている」

　サンセット大通りとウェスタン・アヴェニューの角に停まっている移動販売車での食事休憩（ランチブレーク）だった。それを知って、バラードは自分が食事休憩を取っておらず、腹が空なかった。

いてきたのに気づいた。とはいえ、シーフードをすごく食べたい気分というわけでも

「で、ボッシュはなにを望んでいたんです？」

「あの男は九年まえにレリックが発見した死体について話をしたがったんだ。ボッシュはその事件を調べているんだろうな」

「自分はまだ警官だとボッシュは言ってました。ロス市警の警官じゃないですね？」

「ああ、あいつはヴァレー地区のサンフェルナンド市警の予備警察官だ」

「サンフェルナンドがここで起こった殺人事件とどう関係しているんです？」

「わたしにはわからんよ、バラード。ボッシュがここにいるあいだに訊いておくべきだったな。あいつはもう出ていった」

「ずいぶん早いんだ」

「なぜならレリックがなにひとつ覚えていなかったからだ」

「じゃあ、ドヴォレクはあそこに戻ってるんですか？」

マンローは画面上の三台の車が集まっている点を指さした。

「もう戻っているが、現在は休憩中だ」

「わたしもあそこへいって、シュリンプ・タコスを二皿買ってこようと考えていたん

です。なにか買ってきましょうか？」

「いや、大丈夫だ。携帯無線機（ローヴァー）を忘れないように」

「了解」

刑事部屋へ戻る途中、バラードは休憩室に立ち寄り、流しにコーヒーを捨て、カップをゆすいだ。それから充電ラックからローヴァーを抜き取り、分署の通用口を出て、自分のシティ・カーに向かった。深夜勤務帯の肌寒さに、バラードはトランクからスーツの上着を取りだすと、袖を通してから運転を開始し、駐車場を出た。

バラードが到着すると、レリックはまだ移動販売車のそばに車を停めていた。巡査部長として、ドヴォレクは単独でパトカーに乗っているため、連れを求めて休憩時にはほかの巡査たちといっしょにいがちだった。

「サリー・ライド」ドヴォレクはバラードが黒板に書かれたメニューを吟味しているのに気づいて、声をかけた。

「調子はどう、レリック？」バラードは言った。

「楽園であらたな一晩を過ごしている途中さ」

「なるほど」

バラードはシュリンプ・タコスを一皿買い、調味料テーブルに置いてある辛味ソースのひとつをたっぷりとかけた。それを持ってドヴォレクの白黒ツートンカラーのパトカーにいくと、ドヴォレクはフロント・フェンダーに寄りかかり、自身の食事を平らげようとしていた。ほかのふたりのパトロール警官が、ドヴォレクのパトカーのまえに停めている自分たちの車のボンネットに料理を載せて食べていた。

バラードはフェンダーに寄りかかり、ドヴォレクの隣に並んだ。

「なにを買ったんだ？」ドヴォレクが訊いた。

「シュリンプ」バラードは答えた。「黒板に書かれているものしか頼まない。新鮮だという証拠でしょ？　港に仕入れにいってはじめてなにが買えるのかわかるのだから」

「きみがそう思うのなら」

「そう思いこみたいの」

バラードはまず一口嚙みしめた。美味しかった。生臭さはみじんも感じなかった。

「悪くない」バラードは言った。

「おれはフィッシュ・スペシャルを頼んだ」ドヴォレクは言った。「当たったら、すぐさまストリートからおさらばになるだろうな」

「それ以上言わないで、巡査部長。ストリートから離れると言えば、あのボッシュという男は、あなたにどんな用があったの？」

「あいつを見たのか？」

「刑事部屋でファイルを盗み見ている現場を押さえた」

「ああ、無理な捜査をやるタイプなんだ。いま取り組んでいる事件のどんな手がかりでもいいから探している」

「ハリウッドで？　彼は近ごろサンフェルナンド市警で働いていると思ったんだけど」

「そのとおり。だけど、これはあいつが個人的に調べている事件なんだ。こっちで九年まえに殺された少女の事件だ。その子の遺体を発見したのがおれだったんだが、あいにくあいつの役に立つことをおれはろくに覚えていなかった」

バラードはもう一口齧るとうなずきだした。口のなかをシュリンプとトルティーヤで一杯にしながら、次の質問をした。

「その少女は何者なの？」バラードは訊いた。

「家出人さ。名前はデイジーだ。十五歳で、路上で客を取っていた。悲惨な状況だ。ウェスタン・アヴェニューに近いハリウッドでよく見かけたよ。ある夜、デイジーは間違った車に乗った。カーウェンガ大通りから外れた路地でおれがデイジーの死体を発見した。匿名の通報に従ってやってきたんだ——そのことは覚えている」

「その名前はその子の通り名なの？」

「いや、本名だ。デイジー・クレイトン」

「その当時、セサール・リベラは性犯罪課で働いていた？」

「セサール？　はっきり覚えていないな。九年まえの話だ。そうだったかもしれない」

「セサールがこの事件となにか関係していたのを覚えている？　ボッシュはセサールのファイル・キャビネットを探っていたの」

ドヴォレクは肩をすくめた。

「おれは死体を発見し、連絡を入れた——それだけだ、レネイ」ドヴォレクは言った。「そのあと、おれは事件にまったく関わっていない。おれが覚えているのは、路地の入り口に現場封鎖のテープを張り、野次馬を近づけないように命じられたことだ。あのころ、おれはただのツルツル袖だった」

制服警官は五年勤務するごとに年功袖章をもらえる。九年まえ、レリックは新米警官に毛が生えたような立場だった。バラードはうなずき、最後の質問をした。

「ボッシュはわたしがいま訊ねたこと以外になにかあなたに訊いた？」

「ああ、訊かれたよ。だけど、被害者本人に関する質問じゃなかった。デイジーのボーイフレンドに関する質問であり、殺人事件のあと、街でそいつをおれが見かけたかどうかと訊かれた」

「そのボーイフレンドとは何者？」

「おなじように家出をしたはみだし者さ。そいつが落書きに使っていたあだ名で覚えている——アディクトだ。ボッシュの話だと、アダムなんとかという名前だった。姓は忘れてしまった。だが、答えはノーだ、そのあと彼女のボーイフレンドを見かけることはなかった。その手の連中はやってきては去っていく」

「ボーイフレンドとガールフレンドの関係——それだけだった？」

「ふたりはいっしょに逃げていた。ほら、身を守るため。その手の女の子は、ストリートでは男が必要なんだ。ポン引きのようなものさ。彼女は街娼として働いており、ボーイフレンドが彼女の見張りをする。ふたりは取り分をわかちあう。ただ、あの事件の夜だけは、男はドジをこいたんだ。彼女にとっては最悪だった」

バラードはうなずいた。ボッシュはデイジー・クレイトンが知っていて、関わり合いがあった人間について、そして彼女の人生最後の夜にどこにいったのかについてもっともよく知る人物として、アダム／アディクトと話をしたがっている、とバラードは推測した。

アダムは容疑者である可能性もあった。

「ボッシュについて少しは知っているんだよな？」ドヴォレクが訊いた。

「ええ」バラードは答えた。「大昔にハリウッド分署に勤務していた」

「分署正面の歩道にある星がなんだか知っているよな？」

「もちろん」

ハリウッド分署の正面にある歩道には、殉職した分署の警官を記念する星が刻まれていた。

「あそこにある星が刻まれている」ドヴォレクは言った。「ハーヴェイ・パウンズ警部補だ。パウンズに関するこんな話がある――ボッシュがここで働いていたときの上司がパウンズで、ボッシュが調べていた事件で誘拐され、拷問された際に心臓麻痺（まひ）で死んだそうだ」

バラードはその話を聞いたことがなかった。

「その件でだれか逮捕されたの？」バラードは訊いた。

「だれに話をするかによって答えは変わる」ドヴォレクは言った。「〝別途解決〟ということになっているが、この大きな悪い街につきものの謎のひとつだ。噂（うわさ）では、ボッシュがやったなにかのせいで、警部補は殺されたという」

〝別途解決〟というのは、捜査が正式に終了したが、逮捕や起訴がなかった事件を指す用語だった。通常、容疑者が死亡したか、別の犯罪で終身刑を受けた場合にそう称される。追加の処罰が加わらないであろう事件を裁判にかけるのは、時間と費用とリスクの無駄だった。

「どうやらその件のファイルは封印されているらしい。ハイ・ジンゴだ」

〝ハイ・ジンゴ〟というのは、市警の政治が関わっている事件を指すロス市警内の隠語だった。間違った動きをすれば市警でのキャリアが台なしになりかねないたぐいの事件。

ボッシュに関するその情報は興味深かったが、求めているものではなかった。ドヴォレクをデイジー・クレイトン事件の話に戻す質問をバラードが考えつかないでいるうちに、ドヴォレクのローヴァーが甲高い音を立て、当直オフィスからの連絡を彼は受け取った。マンロー警部補がドヴォレクをビーチウッド・キャニオンにある住所へ向かわせ、家庭内争議に対応するチームを監督するよう命じるのをバラードは聞いていた。

「いかなきゃ」ドヴォレクはタコスを包んでいたアルミホイルを丸めた。「いっしょに来て、おれの支援をしてくれるのでないかぎり」

ふざけて言っているとバラードはわかっていた。レリックはレイトショー担当刑事の支援を必要とはしていない。

「じゃあ、納屋で会いましょう」バラードは言った。「その案件が妙な方向へ向かって、刑事が必要にならないかぎり」

バラードはそういうことにならないよう願った。家庭内の争いは、言った言わないの言い争いになりがちで、バラードは刑事というよりレフリーとして対応しなくてはならなくなる。たとえ明白な暴力による怪我が発生したとしても、かならずしも真相を明らかにするとは限らなかった。

「了解」ドヴォレクは言った。

3

昼勤シフトの刑事たちはみな道路の混み具合に応じて出退勤していた。たいていの日、昼勤者たちの大半は、午前六時までに刑事部屋にたどり着く。そうすることで、午後なかばまでに退勤でき、出入り時の道路混雑を避けられるからだ。デイジー・クレイトン事件に関してセサール・リベラに質問しようと決めたとき、バラードはそれを当てにした。自分のシフトの残り時間をリベラの到着を待ちながら、九年まえの殺人事件で入手可能な電子的記録を引っ張りだして検討することに費やした。

殺人事件調書は、印刷された報告書と写真が満載された青いバインダーで、いまもロサンジェルス市警察の殺人事件捜査のバイブルだったが、世界がデジタルに移行するに従って、市警も移行していた。自分のロス市警パスワードを用いて、バラードは、デジタル・アーカイブにスキャンされた事件の報告書と写真の大半にアクセスできた。唯一欠けているのは、刑事たちがたいてい殺人事件調書の裏表紙内側に付いいたスリーブに押しこんでいる手書きのメモだろう。

なによりも重要なのは、時系列記録を見られることだ。その記録は事件の背骨であり、事件を担当する捜査員が取ったすべての行動の記録だった。

バラードは、その殺人事件が未解決事件として正式に分類され、未解決事件班に委ねられたことをすぐに確認した。その班は、ダウンタウンにある市警本部から出動するエリート部門の強盗殺人課に属していた。かつてバラードは強盗殺人課に配属されており、そこの刑事たちや関連職員の多くを知っていた。その数のなかには、バラードの元の上司である警部補も含まれていた。三年まえ、課のクリスマス・パーティーでバスルームの壁にバラードを押しつけ、むりやり性的暴行に及ぼうとした男だ。バラードの拒絶と、その結果生じた告発と内部調査がハリウッド分署の深夜勤務にバラードを追いやった。告発は事実無根とみなされた。当時のバラードのパートナーが、その争いを目撃していたにもかかわらず、バラードの証言を裏付けなかったからだ。市警の上層部は、バラードとロバート・オリバス警部補を離ればなれにすることが関係者全員にとって好都合だろう、と判断した。オリバスは強盗殺人課に留まり、バラードは異動させられた。バラードへのメッセージは明らかだった。オリバスは無傷である一方、バラードはエリート部門からだれも志願したりしないポストへ島流しにあった。通常、そこは市警の変わり者や落伍者に用意されている場所だったからだ。
ここ数ヵ月、ロサンジェルス郡、とりわけハリウッドのエンターテインメント業界はセクシャル・ハラスメントとそれよりもひどい出来事に関わるスキャンダルに見舞われており、バラードは、自分の場合との皮肉を思い知った。市警本部長は、映画産業から怒濤のように押し寄せてくる告発すべてを扱うための特捜班すら組織した。告発の多くは何十年もまえに起こった事件についてのものだった。当然ながら、市警本部長の組織した特捜班は、強盗殺人課の刑事たちで構成されており、オリバスはその班の管理職のひとりだった。

オリバスとの過去の経緯を心のなかに留めながら、バラードは、ボッシュと彼が調べている事件に対する好奇心から市警のデジタル回路に入りこんでいった。厳密に言うと、古い報告書を引っ張りだすことでなにか規則を破っているわけではなかったが、当該事件はハリウッド分署の殺人担当チームが解体され、強盗殺人課の一部であり、オリバスのテリトリーでもある未解決事件班に委ねられた。市警のデータベースのなかを動けば、オリバスに気づかれてしまう可能性のあるデジタルの足跡を残すことになるとバラードはわかっていた。もしそんな事態が生じれば、オリバスは、ここぞとばかり、復讐心を起こし、強盗殺人課担当事件にバラードがなにをしているのかを探るための内部調査を開始するだろう。

その危険性はあったが、それだけではバラードは止まらなかった。三年まえのクリスマス・パーティーでバスルームにオリバスがついてきたとき、バラードは彼を怖れなかった——バラードはオリバスを押しやり、相手を浴槽に落とした。いまもオリバスを怖れていなかった。

時系列記録が事件検討のもっとも重要な部分だったが、バラードはまず写真にざっと目を通すことからはじめた。生きているときのデイジー・クレイトンと死んでいるときのデイジー・クレイトンを見たかったのだ。

写真の束には、事件現場写真と解剖写真が入っていたが、私立学校の制服と思しきものを着てポーズを取っている少女の写真もあった——ＳＳＡと記されたモノグラムが左胸のところに付いている白いブラウス姿。少女はカメラに向かってほほ笑んでおり、ブロンドの髪はセミロングで、頬のニキビを化粧で隠し、遠くを見るような表情がすでに目に浮かんでいた。写真の背景も綺麗にスキャンされていて、「モデスト、セント・スタニスラス・アカデミー、七年生」と読めた。

バラードは事件現場写真をあとにまわすことにして、時系列記録へ移り、まず事件の最新の動きを見るため記録をスクロールしていった。年次の相応の注意チェックを別にすると、捜査は八年間、ほぼ休止状態にあったあげく、六ヵ月まえ、ルシア・ソトという名の未解決事件担当刑事に委ねられたことをバラードはすぐに学んだ。バラードはソトと直接の知り合いではなかったが、彼女のことは知っていた。ソトは強盗殺人課に配属されたなかで史上最年少の女性刑事だった。それまで持っていたバラードの最年少記録を八ヵ月若く更新したのだ。

「ラッキー・ルーシー」バラードは声に出して言った。

ソトが現在ハリウッド・セクシャル・ハラスメント特捜班に配属されていることもバラードは知っていた。市警の上層部——大半が白人男性——がこの特捜班にできるだけ多くの女性を配しておくのが賢明な動きだと承知していたからだ。強盗殺人課への異動に結びついた英雄的行動のせいで、すでにマスコミに知られており、〝ラッキー・ルーシー〟のニックネームも頂戴しているソトは、記者会見やそれ以外のマスコミとの交流の場で特捜班の顔として頻繁に利用されていた。

その知識がバラードをためらわせた。すばやく時系列をまとめてみる。六ヵ月まえ、ソトは未解決のデイジー・クレイトン事件捜査を志願したか、捜査を命じられた。そのあとすぐ未解決事件班からハラスメント特捜班へ配置換えになった。その後、ボッシュがハリウッド分署に姿を現し、当該事件に関する質問をし、性犯罪担当刑事のファイルを覗き見ようとした。

そこにはバラードがまだ手に入れていない繋がりがある。バラードは市警のデータベースをあらたに検索し、ボッシュが捜査責任者として担当したすべての事件を呼びだすと、すぐにその繋がりを見つけ、事態をよりよく理解しはじめた。ボッシュがロス市警を去るまえに担当した最後の事件にバラードは照準を合わせた。子どもを含め、煙を吸いこんで窒息死した犠牲者が数多く出た共同住宅の放火事件に関係する複数被害者の殺人事件だった。その事件に関する報告書のいくつかで、ボッシュのパートナーとして記載されていたのがルシア・ソトだった。

バラードは繋がりをつかんだ――ソトはクレイトン事件を引き受け、どうにかして元パートナーのボッシュをそこに引きこんだ。ボッシュはもはやロス市警に所属していないにもかかわらず。だが、バラードには理由がわからなかった。ソトがその事件捜査にロス市警外の協力をあおいだ理由に関する説明がつかない。とりわけ、特捜班に出向するため、未解決事件班から離れているときに。

いまのところその疑問に答えることができぬまま、バラードは事件ファイルに戻り、最初から捜査を見直していった。デイジー・クレイトンは、常習的家出人と見なされていた。繰り返し、実家を逃げだし、また児童家族福祉局によってグループホームや保護施設に入れられていた。そのたびに彼女は施設を逃げだし、ハリウッドの路上にいきつき、ホームレス・キャンプや廃墟となった建物を不法占拠しているほかの家出人たちに加わった。アルコールとドラッグを濫用し、路上で体を売った。デイジーが警察と関わりを持った最初の記録は、彼女が亡くなる十六ヵ月まえのものだった。その後、ドラッグや徘徊、売春の勧誘の罪で何度か逮捕されていた。年齢のせいで、初期の逮捕は、シングルマザーである母親エリザベス・クレイトンの元へ連れ戻されるか、児童家族福祉局施設へ送致されるかのどちらかだった。だが、路上に戻り、自身ドラッグと犯罪の記録のある十九歳の元家出人、アダム・サンズの影響下に戻るという繰り返しをやめさせる術はなかった。

サンズは最終的に本件の元の捜査員に聴取され、アリバイが確認されて容疑者から外された――デイジー・クレイトン殺害時、サンズはハリウッド分署の拘置施設に拘束されていた。

容疑が晴れると、サンズは被害者の日常行動や人間関係について徹底的に問いただされた。殺害された夜、デイジーがだれと会っていたかに関する情報をまったく持っていない、とサンズは主張した。サンズが明らかにしたところによると、デイジーの定常行動は、ウェスタン・アヴェニュー近くのハリウッド大通りにある小型のマーケットと酒販店が入っているショッピング・プラザ付近をうろつくことだったという。男性客が店を離れる際に誘いをかけ、プライバシーを確保するため、数多くある付近の路地に車で向かい、車内でセックスをしていた。そうした取引のあいだ、見張りに立つことが頻繁にあったが、問題の夜は、麻薬がらみの軽犯罪の件で出廷しなかったことによる逮捕状に基づいて警察に身柄を押さえられていた、とサンズは言った。

デイジーは、ショッピング・プラザでひとりきりになり、彼女の死体は、商売に使っていた路地の一本で翌日の夜発見された。裸の状態で、激しい性的暴行と拷問を受けた痕跡があった。その後、死体は漂白剤で洗われていた。被害者の着衣はまったく発見されていない。デイジーがショッピング・プラザで客を物色しているところを最後に目撃されてから、カーウェンガ大通りの外れにある路地の大型ゴミ容器に死体があるという匿名の通報を警察が受け、ドヴォレク巡査がその通報に応えるべく派遣されるまで、丸二十四時間は経過していたものと刑事たちは判断した。空白の時間の説明はとうとうつかなかったが、死体の漂白から、デイジーがどこかへ拉致され、乱暴を受け、殺害されたのは明白だった。彼女の死体は殺人犯につながる可能性のある証拠をすべて念入りに消されていた。

元の刑事たちが捜査のあいだずっと頭を悩ませていたひとつの手がかりが、殺害犯によって残された痕だと刑事たちが確信した死体の傷だった。右の臀部（でんぶ）上方に直径約五センチの円形の傷がついていた。その円内に、A－S－Pの三文字がSをまんなかに置いて縦横に並んでいた。

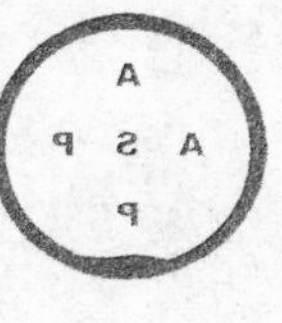

そのマークの文字は被害者の死体に裏返しで付いており、その印をつけるために用いられた装置あるいは工具であれば正しく読めることを示していた。文字を囲んでいる円は、みずからを食べている蛇のように見えたが、皮膚組織の傷で一部ぼやけているため、それを確かめるのは無理だった。

このマークの解読に捜査業務の長い時間がかけられたが、決定的な結論にはたどり着かなかった。事件は、もともとハリウッド分署に所属しているふたりの殺人事件担当刑事によって捜査されており、分署の殺人事件捜査チームが統合されて、ハリウッドが名高い殺人課を失ったときにオリンピック分署に委ねられた。ハリウッド分署の捜査員の名は、キングとカーズウェルだったが、バラードはどちらの刑事も知らなかった。

検屍解剖によって、死亡時刻は被害者が最後に目撃された十時間後から、死体が発見されるまえの十時間以内だと割りだされた。

検屍官の報告書は、死因を人間の手による絞殺であると記していた。殺人犯の手によって被害者の首に残った扼痕は、被害者が背後から、おそらく性的暴行を受けている最中に首を絞められたことを示していると記して、その結論をさらに詳述していた。膣と肛門両方の組織損傷は、生前と死後にもたらされていた。被害者の爪は死後剝がされていた。殺人犯が生体物証を確実に残さないようにしようとした試みであると見なされていた。

死体には死後ついた擦過傷や引っ掻き傷があり、捜査員たちは硬いブラシと漂白剤で被害者の体を洗浄しようとした際に発生したものだろうと思った。口腔や喉、耳孔を含む、あらゆる開口部にその痕跡が見つかった。検屍官は、その洗浄工程のあいだずっと遺体が漂白剤に浸されていた、という結論を下した。

その発見と死亡時刻を合わせ、捜査員たちは、デイジーが殺人犯によって路上から拉致され、ホテルの客室あるいはほかの場所に連れていかれ、そこには死体を洗浄するために用意された可能性のある漂白剤の風呂があった、と判断した。

「用意周到なやつ」バラードは声に出して言った。

漂白剤に関する結論から、当初の捜査員たちは、初期段階の捜査日の多くを駐車場から直接客室にアクセスできるハリウッド地区のモーテルとホテルすべてを徹底的に調べることに費やした。デイジーの学校での写真が、全勤務時間帯の従業員に示され、客室管理の責任者は漂白剤の強い臭気の報告が上がっていないかどうか問われ、ゴミ収集容器に入った漂白剤の容れ物が探された。そうした努力の成果はなにも挙がらなかった。殺人現場は結局特定されず、事件現場抜きではこの事件は最初からハンデを負っていた。捜査に入って六ヵ月、事件は手がかりなく、容疑者もなく、迷宮入りした。

ようやくバラードは事件現場写真に戻り、今回は、その陰鬱な性質をよそに、入念に吟味した。被害者の年齢、胴体と首に付けられた傷痕が示す殺人犯の圧倒的な力、業務用ゴミ容器のゴミのなかに裸で横たわっていた様子……それらすべてがバラードに恐怖を覚えさせ、この少女と彼女が味わったものに悲しい共感を覚えた。バラードは勤務の終わりに引き出しに仕事を置いておけるたぐいの刑事であったためしがなかった。つねにそれを携えてきたし、活力を与えてくれるのは被害者に対する共感だった。

深夜勤務に配属になるまえにバラードは強盗殺人課で性的な動機に基づく殺人事件を専門に捜査してきた。当時のパートナーであるケン・チャステインは、ロス市警における性的殺人事件の最優秀捜査員のひとりだった。ふたりとも市警のベテラン性犯罪専門家であったデイヴィッド・ラムキン刑事が引退して、太平洋岸北西地区へ引っ越すまで、教えを受け、精神的な指導を受けた。

そちらの方面の捜査に従事することは、レイトショーへの異動によってほぼできなくなったが、いま、バラードはクレイトン事件のファイルを読みながら、言葉や報告の裏に隠れている性犯罪者を目にしていた。九年間、正体を突き止められずにいる捕食者を。心のなかに強い引きをバラードは感じた。警官になり、女性を傷つけ路地にゴミのように放置する男たちを狩る側になるという考えを最初に導きだしたときに感じたのとおなじ引力だった。バラードはハリー・ボッシュがなにをしているのであれ、そこに加わりたいと思った。

人声が聞こえて、そうした思いからバラードは覚めた。画面から顔を起こし、ワークステーションの間仕切り越しに見た。ふたりの刑事がスーツの上着を脱ぎ、椅子の背中にかけて、あらたな昼勤の一日を開始する用意をしているのが目に入った。

ふたりのうちのひとりがセサール・リベラだった。

4

バラードは荷物をまとめ、借りていたワークステーションをあとにした。まず、あらかじめ書き上げて共同プリンターに送っていた報告書を回収するため印刷室へ入った。刑事部の責任者である警部補は、古い流儀の人間で、デジタルで提出しているにもかかわらず、いまでも朝にはハードコピーの報告書を欲しがっていた。死亡事件の捜査とそれよりまえの住居侵入通報に関する報告書をわけ、ステープラーで留めると、警部補の出勤に合わせて用意が整っているよう、警部補の副官の机にある未決箱に持っていった。それから引き返して性犯罪部門にいき、ワークステーションに座って、飛行機の機内に持ちこめるサイズのボトルからウイスキーをマグカップにドバドバ注いで、一日の景気づけをしているリベラの背後にやってきた。バラードはそれを見たことをおくびにも出さずに話しかけた。

「やあ、セサール」

リベラも口ひげをたくわえている男だった。そのひげは、ほぼ白くなっており、茶色い肌と対比をなしていた。口ひげに合わせて、白髪を長めに伸ばしていたが、ロス市警の基準からすると少々長すぎるものの、年輩の刑事には容認されていた。朝の定例行動を見られたのを心配して、リベラは座席でビクッとした。座ったまま椅子を回転させ、相手がバラードだと気づいてホッとする。バラードが事を荒立てるような人間ではないとわかっていた。

「レネイ」リベラは言った。「どうした、お嬢さん？　なにか用か？」

「いえ、なんでもない」バラードは言った。「静かな夜だった」

バラードは万一、自分に腐敗臭がついている場合を考えて、距離を取った。

「で、どうした？」リベラが訊いた。

「帰るところ」バラードは言った。「ただ、気になっていることがあって。ハリー・ボッシュという名前の、昔ここで働いていた人を知っている？　殺人課で働いていたという」

バラードはかつて殺人課があった刑事部屋の一角を指さした。いまはギャング対策チームが使っている場所だ。

「おれがここに来るまえの話だ」リベラは言った。「つまり、あの男が何者なのかは知っている――だれもが知っていると思う。だけど、おれは個人的にあいつと関わりを持ったことはない。なぜそんなことを訊くんだ？」

「けさ、ボッシュが署にいた」バラードは言った。

「墓場シフトの時間帯にという意味か？」

「ええ、古い殺人事件についてドヴォレクと話をするために来たと言ってた。だけど、彼があなたの書庫を漁っているのを見たの」

バラードは壁沿いに並んでいるファイル・キャビネットの長い列を指し示した。リベラは困惑して首を振った。

「おれの書庫？」リベラは言った。「どういうことだ？」

「ハリウッド分署に来てどれくらいになるの、セサール？」バラードは訊いた。

「七年だ。それがどういう――」

「デイジー・クレイトンという名前に心当たりはある？　二〇〇九年に殺されている。性的な動機が背景にあると分類されている未解決事件」

リベラは首を横に振った。

「おれがここに来るまえの事件だな」リベラは言った。「当時、おれはホレンベック分署にいた」

リベラは立ち上がり、ファイル・キャビネットの列に歩み寄り、ポケットから鍵束を取りだして、自分の四段引き出しの最上段をあけようとした。

「いまは鍵がかかっている」リベラは言った。「きのうの夜、出しなに鍵をかけた」

「ボッシュが立ち去ったあとでわたしが鍵をかけておいた」バラードは言った。

引き出しのなかに曲がったクリップを見つけたことについてはなにも言わなかった。

「ボッシュは引退したんじゃなかったのか？」リベラは言った。「どうやってここに入ったんだ？　出ていく際に999を持っていったのか？」

警察官はみな、999キーと呼ばれるものを渡されている。市内のすべての署の通用口を解錠できる鍵だ。故障しがちで、停電の際に使えなくなる電子IDキーのバックアップとして支給されていた。市政府は警察官が退官する際に999キーを回収するほど几帳面(きちょうめん)ではなかった。

「そうかもしれないけど、ドヴォレクがパトロールを終えて戻ってくるまで待っていられるよう、マンロー警部補に通してもらったとボッシュは言ってた」バラードは言った。「彼は署内をぶらついて、たまたまあなたのファイルを見ているところをわたしが見かけたの。わたしは部屋の隅で働いていたので、わたしの姿が見えなかったみたい」

「ボッシュがデイジー事件を話題にした人間なのか？」

「デイジー・クレイトン。いえ、実際には、ドヴォレクから聞いたんだ。ボッシュが話を聞きに来たのはその事件についてだって。ドヴォレクはデイジー・クレイトンの発見現場にやってきた最初の巡査だったそう」

「当時、ボッシュがその事件を担当していたのか？」

「いいえ。当初、キングとカーズウェルが捜査に当たっていた。いまは、ダウンタウンの未解決事件班の担当になっている」

リベラは自分の机に歩いて戻ったが、立ったままコーヒーカップをつかみ、ゴクゴクと喉に流しこんだ。と、急にカップを口元から離した。

「クソ、ボッシュがなにをやっていたのかわかったぞ」リベラは言った。

「なに？」バラードは訊いた。

バラードの声には緊迫感があった。

「おれがここに異動になったとき、ちょうど組織替えがおこなわれていて、殺人課がウェスト方面隊に移ることになっていたんだ」リベラは言った。「性犯罪課が規模拡大になり、それでおれが呼ばれた。おれとサンドヴァルは、交代要員ではなく、補充要員だった。ほら、ふたりともホレンベック分署から来たんだ」

「なるほど」バラードは言った。

「で、警部補があのキャビネットをおれに割り当て、鍵を寄越した。だが、なかに物を入れようと一番上の引き出しをあけてみたところ、すでに一杯だった。四段の引き出し全部が満杯だった。サンドヴァルの引き出しもおなじだった——あいつの四段の引き出しも全部満杯だった」

「なにで一杯だったの？　ファイルで一杯？」

「いや、どの引き出しもシェイク・カードで一杯だった。何束ものカードがそこに詰めこまれていた。殺人課の連中やほかの刑事たちは、市警がデジタルに移行したあと、古いカードを取っておくことに決めたんだな。保管のためファイル引き出しに詰めこんだんだ」

リベラが話しているのは、正式には職務質問（フィールド・インタビュー）カードと呼ばれているもののことだった。それは三×五インチ（縦七・六横一二・七センチ）のカードで、パトロール警官が巡邏中に往来で出会った人々について記入するものだった。個々のカードの表には、氏名、生年月日、住所、所属ギャング名、タトゥ、知られている仲間など、職務質問をした人物に関する特定の識別情報を書きこむ書式があらかじめ印刷されていた。カードの裏は、空白で、そこに警官は対象者に関する補助的な情報をなんでも書きこめるようになっていた。

警官はなにも書かれていない職質カードの束を私用車あるいはパトカーに置いていた――バラードはパシフィック分署に巡査として勤務していた当時、自分の車のサンバイザーの裏にそのカードをいつもはさんでいた。シフトの終わりにカードは、分署の当直司令官に提出され、そこに書かれた情報は、事務職員の手で検索可能なデータベースに入力されるのだった。そのデータベースを検索して氏名が一致すれば、それを調べた巡査あるいは刑事は、最初から一連の事実や、住所、関連する仲間の情報を手に入れられるという寸法だった。

アメリカ自由人権協会は、ロス市警によるそのカードの利用と、犯罪をおこなっていない市民から情報を収集することについて、昔から抗議をつづけており、その慣行を違法な捜索および押収であると指摘し、つねにその質疑応答を暴力的強要（シェイクダウン）であると呼んでいた。ロス市警は、その慣行をやめさせようとするあらゆる法的試みをかわしつづけ、ヒラの警官の多くがその三×五インチのカードをシェイク・カードと呼んで、アメリカ自由人権協会に対するさりげなくはない当てこすりをおこなっていた。

「なぜカードを残しておいたんだろう？」バラードは問いかけた。「全部データベースに入っていて、そこで探すほうが楽でしょうに」

「さあな」リベラは言った。「ホレンベック分署では、そんなことをしなかった」

「で、あなたはどうしたの、全部片づけた？」

「ああ、おれとサンディで引き出しを空にした」

「全部捨てたの？」

「いや、この市警で学んだことがあるとするなら、ヘマをする人間になるな、ということだ。おれたちはカードを箱詰めして、保管場所へ運んだ。ほかのだれかの問題にしてやろう、というわけだ」

「保管場所って？」

「駐車場の向かいだ」

バラードはうなずいた。分署の駐車場の南端にある建物のことをリベラが言っているのだとわかった。かつては市の公共事業局の事務所だったが、さらなるスペースが必要になったときに分署に引き渡された平屋建ての建物だ。現在、その建物はほとんど使われていなかった。広めの部屋のふたつが、パトロール警官が利用するジムと、マーシャルアーツ用のクッションが張られたスタジオとして改装されていたが、小さめのオフィスは、空き部屋あるいは、証拠ではない物品の保管スペースとして使われていた。

「すると、カードを移動させたのは七年まえなのね？」バラードは訊ねた。

「だいたいそんなものだ」リベラが答える。「全部いっぺんに動かしたりはしなかった。おれはまず一本の引き出しを空にし、それが埋まると、次の引き出しに入れなければならないので、次の引き出しを空けた。そんなふうにつづいた。およそ一年かかったな」

「じゃあ、ボッシュがきのうの夜、シェイク・カードを探していたのはなぜだと思う？」

リベラは肩をすくめた。

「いま話題にしていた殺人事件のあった時期のシェイク・カードがあのなかに入っていたのかもしれない。そうじゃないか？」

「でも、シェイク・カードの情報は、データベースに入っている」

「入っていることになっている。だが、検索窓になにを放りこむんだ？　おれの言っている意味がわかるか？　欠陥があるんだ。殺人事件のあった時期にハリウッドをうろついていた人間を調べたいとして、どうやってあのデータベースでそれを調べる？」

バラードは納得してうなずいたが、データベースに入っている職務質問から情報を引っ張りだすには、たくさんの方法、たとえば地理と時間の枠で区切るといった方法があるのを知っていた。その点について、リベラは間違っているが、たぶんボッシュについての読みは正しいのだろう、とバラードは思った。ボッシュは古い流儀の刑事だ。彼はシェイク・カードを調べて、クレイトン殺人事件のあった時期にハリウッドのパトロール警官たちがだれと話をしていたのか知りたがっている。

「さて」バラードは言った。「帰る。いい一日を。気をつけて」

「ああ、そっちもな、バラード」リベラは言った。

バラードは刑事部屋を出て、二階の女子ロッカールームに上がった。スーツを脱いで、スエットに着替える。予定ではヴェニスに向かい、洗濯物をクリーニングに出し、ドッグホテルに預けていた犬を引き取り、テントとパドルボードをビーチに持っていくつもりだった。休息を取り、接近方法を検討してから午後にボッシュと取引をするつもりだった。

分署裏の駐車場を横切っていると、朝日に目が焼けそうになった。バラードはヴァンのロックを外し、皺の寄ったスーツを助手席に放りこんだ。そののち、駐車場の南端にある古い公共事業ビルを目にして、すぐに出ていく考えを改めた。

カードキーを使って、その建物に入り、レイトショー勤務のふたりの人間が、朝のラッシュアワーが終わったあとで自宅へ向かうまえにワークアウトをしているのに気づいた。バラードはふたりにおざなりの敬礼をすると、いまは保管用スペースとして用いられている元の市事務所に通じている廊下を通った。最初に確認した部屋には、バラード自身が担当した事件のひとつで回収された品物が入っていた。昨年、バラードはある泥棒を逮捕した。その男は、不法侵入した家から盗んだ品物に加え、盗んだ現金やクレジットカードで購入した品物で、モーテルの一室を満杯にしていた。一年が経ち、その事件の判決は下ったが、品物の多くはまだ所有権の主張をされていなかった。それらはハリウッド分署に返却され、被害者が自分たちのものだと主張する最後の機会として分署が彼らに対して年次一般公開をおこなうときのために保管されていた。

その先の隣の部屋には、さまざまな理由から保存しておかねばならない古い事件ファイルを入れている段ボール箱が積み重ねられていた。バラードはその部屋を見てまわり、いくつかの段ボール箱を動かして、ほかの箱に手を届かせようとした。ほどなくして、職質カードが詰まった埃まみれの箱をあけた。大当たりを引き当てた。

二十分後、職質カードの入った十二箱を選び抜き、廊下の壁沿いに並べた。それぞれの箱から数枚サンプルを抜き取ることで、それらのカードがデジタル化移行のはじまった二〇〇六年から、ハリウッド分署から殺人課が移転した二〇一〇年までの歳月に作成されたものであると判断できた。

バラードは、ひとつひとつの箱に入っているカードが千枚ほどだと見積もった。全部を綿密に確認するには何時間もかかるだろう。それがボッシュのやろうとしていたことなのだろうか、それとも特定の一枚のカードあるいは特定の一晩、おそらくはデイジー・クレイトンが路上から拉致された夜を求めて、検索幅をもっと絞る計画でいたのだろうか、とバラードは考えた。

ボッシュ本人に訊いてみるまでその答えはわかるまい。

バラードは、この箱は自分が使うためのものであることを書いたメモを廊下の段ボール箱の列に残した。駐車場に戻り、ルーフラックにボードを留めているストラップを確認してから、ヴァンに乗りこんだ。ハリウッド分署に配属になり、ハラスメントに関する内部調査に巻きこまれているという噂が流れた直後、署内で、バラードに報復しようとする人間が何人かいた。単純ないじめ行為の場合もあったし、それよりも深刻な場合もあった。シフト終わりのある朝、署の駐車場の電動ゲートでヴァンを停めると、パドルボードがルーフから滑りでて、先端のファイバーグラスが割れた。バラードはボードを自分で修繕し、それ以降、シフト終わりの朝にラックのストラップを確認するようになった。

ラブレア・アヴェニューを南下してフリーウェイ10号線に向かい、そこからビーチに向かって西進した。午前八時をまわって数分待ってから、携帯電話に入れている強盗殺人課の番号にかけた。一般職員が応答し、バラードは、ラッキー・ソトにまわしてもらうよう頼んだ。これが警官同士の電話であるという印象を与えるべく、よく知った相手であるかのように早口でその名前を口にした。質問されることなく電話が転送された。

「こちらはソト刑事です」

「わたしはハリウッド分署のバラード刑事です」

一拍間を置いて、ソトは反応した。

「あなたが何者なのか知ってるわ」ソトは言った。「どんな用かしら、バラード刑事？」

バラードは個人的に知り合いではない刑事が自分のことを知っているという事態に慣れていた。女性の刑事を相手にする場合、決まって気まずい間があった。彼女たちは、市警でのバラードの堅忍努力に対して彼女を尊敬しているか、あるいはバラードの行動が自分たちの仕事をいっそう難しいものにしたと考えているかのどちらかだった。バラードは相手がどちらなのかつねに突き止めなければならなかった。ソトの開口一番のセリフは、どちらのキャンプに彼女が入っているのかについて、なんのヒントも与えてくれなかった。バラードの名前を繰り返し口に出したのは、電話で話している相手がだれなのか、特捜班にいるパートナーや上司のようなだれかに知らせようとしている行動かもしれなかった。

まだ相手を読むことができず、バラードはたんに先をつづけた。

「わたしはこっちのレイトショーで働いているの」バラードは言った。「走りつづける夜になることもあれば、それほど忙しくない夜もある。上司の警部補は、わたしを忙しくさせておくため、趣味の事件を担当させたがるんだ」

「わからないな」ソトは言った。「それがわたしとなんの関係があるのかしら？　いまちょっと手が離せない状態で――」

「ええ、あなたが忙しいのはわかっているわ。ハラスメント特捜班ですものね。だからこそ、わたしは電話をかけているの。あなたが担当していた未解決事件のひとつ――その特捜班のせいで、あなたがいま捜査していないもの――をわたしが調べてみられるんじゃないかと思ってるの」

「どの事件？」

「デイジー・クレイトン。うちの管轄で十五歳の少女が殺害された——」

「その事件のことは知ってる。どうしてそんなに関心を抱いたのかしら？」

「当時、ここでは大事件だったの。刑事たちのだれかがその話をしているのを耳にして、コンピュータでわたしの調べられることを調べて、興味を抱いた。当面、今回の特捜班がらみで、あなたはその事件にあまり時間をかけていないようだし」

「で、ちょっと調べてみたくなった」

「約束はしないけど、ええ、少し調べてみたいの。あなたへの連絡は絶やさない。あなたの事件だものね。少し現場で調べてみたいだけ」

　バラードはフリーウェイに入っていたが、車は動いていなかった。保管室で段ボール箱を調べていたせいで、ラッシュアワーのどまんなかにはまってしまったのだ。朝の微風（そよかぜ）は、海岸にも充分に影響するだろう、ともわかっていた。その風と風が立てる三角波に向かってパドルを漕（こ）ぐことになるだろう。パドルボーディングの機会を失いかけていた。

「九年経っている」ソトが言った。「現場でなにか出てくるとは思えないな。とくに墓場シフトだと。無駄足を踏むだけよ」

「まあ、そうかもしれない」バラードは言った。「だけど、無駄足を踏むのはわたし。調べてかまわないかしら、それともダメ？」

またもや長い間が空いた。ヴァンを一メートル半ほど進めるのに充分な時間だった。

「あなたが知っておくべきことがある」ソトが言った。「その事件を調べている別の人間がいるの。市警に所属していない人が」

「あら、そう？」バラードは言った。「それは何者？」

「わたしの元のパートナー。名前はハリー・ボッシュ。彼はもう引退しているけど……その仕事をする必要にかられている」

「その手の人間ということね？　わかった。ほかになにか知っておくべきことがある？　この事件はボッシュが担当していた事件なの？」

「いいえ。だけど、彼は被害者の母親と知り合いなの。母親のために調べている。くわえた骨を離さない犬のようにしつこく」

「いい情報ね」

バラードは徐々に状況をよりよく理解しはじめていた。それがこの電話の真の目的だった。事件に取りくむ許可を得るのは、もっとも優先度が低いことだった。

「もしなにかつかんだら、連絡する」バラードは言った。「そして、報いを受けさせる場にはあなたに居合わせてもらうようにする」

くぐもった笑い声が聞こえたような気がした。

「ねえ、バラード？」ソトが静かに付け加えた。「あなたのことを知ってると言ったでしょ。オリバスが何者かも知ってる。つまり、いまあの男といっしょに働いているから。あなたがしたことをわたしが評価しているのを知っていてほしいし、あなたが代償を払ったのも知ってる。それを言いたかっただけ」

バラードはひとりでうなずいた。

「それを知ることができてよかった」バラードは言った。「連絡する」

BOSCH

5

サンフェルナンド裁判所から、ボッシュが書類仕事をおこなっている旧刑務所(ジェイル)まで徒歩で一ブロックの距離しかなかった。ボッシュは、その距離を足早に移動した。捜索令状を手に入れて足取りが軽くなっていた。ボッシュは、アティカス・フィンチ・ランドリー判事は、判事室で令状を読み、おざなりの質問をいくつかしてから、承認ページに署名してくれた。ボッシュは捜索を実行する権限を得た。逮捕と事件解決に結びつく銃弾を発見したいものだった。

ボッシュは、市の公共事業部の資材置き場を突っ切る近道をして、旧刑務所の通用口にたどり着いた。未解決事件のファイルをスチール製の書架に保管している元トラ箱へ向かいながら、南京錠(ナンキンじょう)の鍵を取りだす。鍵をかけていなかったことに気づいて、心のなかで自分をたしなめた。市警の決まりだけでなく、自分自身の決まりを破っていた。事件ファイルはつねに鍵をかけて保管しておくべきものだった。また、ボッシュは、隣接する裁判所へいって捜索令状の承認を得るため留守にする四十分間ですら、自分の机にあるものの機密を保持しておきたかった。

ボッシュは間に合わせの机——ファイル箱を積み重ねたふたつの山の上に古い木の扉を天板代わりに置いたもの——にまわりこみ、腰を下ろした。蓋を閉めたノートパソコンの上に、ねじ曲がったクリップが一個載っているのにすぐに気づいた。

ボッシュはクリップをまじまじと見つめた。そこに置いたのは自分ではない。

「それ、忘れ物」

ボッシュは顔を起こした。昨晩、ハリウッド分署にいた女性——刑事——が、事件ファイルが詰まっている自立式書架のあいだに置かれた古いベンチにまたがっていた。囚房に入ってきたとき、ボッシュの視野の外に彼女はいたのだ。ボッシュは南京錠がチェーンからぶら下がっているあいた扉のほうを見た。

「確か、バラードだったな？」ボッシュは言った。「自分の頭がおかしくなっているのではないとわかってありがたい。鍵を締めたと思ってたんだ」

「自分で入ったの」バラードは言った。「初等ピッキング技術」

「持っているといい技術だ。ところで、おれは忙しいんだ。たったいま捜索令状を手に入れて、容疑者に気づかれぬうちに執行する方法を見つけないとならない。用件はなんだ、バラード刑事？」

「加わりたい」

「加わる？」

「デイジー・クレイトン事件捜査に」

ボッシュは相手をしげしげと眺めた。魅力的な女性で、おそらく三十代なかばだろう。日に焼けてメッシュになった茶色い髪が肩にかかっており、細身で運動で鍛えた体つきだった。非番の服装をしていた。昨晩、彼女は仕事着を着ており、いまよりもずっと強面（こわもて）に見えていた——ロス市警では必須だった。女性刑事はオフィスの秘書のように扱われることがよくある、とボッシュは知っていた。

バラードはよく日に焼けてもいた。墓場シフトで働いている人間には奇妙なことだとボッシュは思った。なかでももっとも強く印象に残ったのは、ハリウッド分署の刑事部屋にあったファイル・キャビネットを見ているところを見咎められてから十二時間しか経っていないのにボッシュとボッシュのやっていることにすでに追いついたらしいということだった。

「あなたの元のパートナーと話をした、ルーシーと」バラードは言った。「彼女は賛成してくれた。結局のところ、ハリウッド分署の事件なの」

「事件だった――強盗殺人課が取り上げるまでは」ボッシュは言った。「捜査の資格（スタンディング）は連中が持っている」

「それであなたの立場（スタンディング）はなに？　あなたはロス市警の部外者でしょ。殺人事件調書のなかにあるもので、サンフェルナンド市となんらかの繋がりが出てくるとは思えないけど」

過去三年間、サンフェルナンド市警予備警察官としての立場で、ボッシュはあらゆる種類の未解決事件の未処理案件に主に取り組んできた――殺人、レイプ、暴行。だが、その仕事は非常勤のものだった。

「ここでは好き勝手にやらせてもらっている」ボッシュは言った。「ここで起きた事件を調べているし、自前の事件も調べている。デイジー・クレイトンは、自前の事件のひとつだ。既得権があるとでも言おうか。それがおれの立場だ」

「わたしはハリウッド分署にシェイク・カード十二箱分を押さえている」バラードは言った。

ボッシュはうなずいた。さらにいっそうの感銘を受けた。自分がハリウッド分署にいった理由をどういうわけかバラードは正確に把握していた。相手をよく見ているうちに、日焼けだけではないとボッシュは判断した。肌の色は人種がミックスしているからだ。たぶん白人とポリネシアンのダブルだろう、とボッシュは推測した。

「わたしたちふたりでやれば、二晩で目を通せるんじゃないかな」バラードは言った。

それは申し出だった。バラードは捜査に加わりたがっており、それと引き換えにボッシュが探しているものを与えるつもりでいた。

「シェイク・カードは、見込みの薄い賭けだ」ボッシュは言った。「実を言うと、この事件に関して、もう打つ手がなくなってしまったんだ。最後にカードのなかになにか役に立つものがあるかもしれないと期待していた」

「それは驚きだな」バラードが言った。「あなたはけっして打つ手をなくさないたぐいの人間だと聞いてる——あなたの元のパートナーはあなたのことをくわえた骨を離さない犬だと言ってた」

ボッシュはそれに対してどう言えばいいのかわからなかった。肩をすくめた。

バラードは立ち上がり、書架と書架のあいだの通路を通って、ボッシュに近づいた。

「遅くなるときもあれば、ならないときもある」バラードは言った。「今晩からわたしはカードを調べはじめるつもり。出動要請と出動要請のあいだに。とくになにか探すべきものはない？」

　ボッシュは黙りこんだが、決断を下さねばならないとわかっていた。彼女を信用するか、それとも部外者にしておくか。

「ヴァンだ」ボッシュは言った。「業務用ヴァンを探せ。たぶん化学薬品を運んでいるやつだ」

「デイジー・クレイトンを運ぶためね」バラードは言った。

「いろいろするために」

「殺人事件調書では、犯人は彼女を自宅あるいはモーテルに連れこんだと書かれていた。浴槽のあるどこかに。漂白するために」

　ボッシュは首を横に振った。

「いや、犯人は浴槽を使わなかった」ボッシュは言った。

　バラードは大きく目を見ひらいてボッシュを見、どうしてそれがわかるのかという明白な質問を訊ねずに待った。

「わかった、いっしょに来てくれ」ようやく心を決め、ボッシュは言った。

　立ち上がると、バラードを囚房から出し、公共事業部の資材置き場に通じるドアへ導いた。

「調書と写真は見ただろ?」ボッシュは訊いた。

「ええ」バラードは答える。「全部デジタル化されていた」

ふたりは資材置き場に入っていった。そこは壁に囲まれた広い露天の四角いスペースだった。奥の壁に沿って、工具ラックと作業台で四つに分けられた区画があり、そこで市の備品や車両がメンテナンスと修理をほどこされるようになっていた。ボッシュはその区画のひとつにバラードを案内した。

「デイジー・クレイトンの死体に付いていた痕を見たな?」

「A—S—P?」

「そうだ。だが、その意味を連中は間違えていた。もともとの刑事たちは。それとともに悪循環に陥り、まったく間違えてしまったんだ」

ボッシュはひとつの作業台に近づき、棚に手を伸ばした。そこには大きな半透明のプラスチック製桶(おけ)が載っていた。青いスナップ式の蓋が付いている。ボッシュはそれを降ろして、バラードに向かって差しだした。

「容量百リットルの容器だ」ボッシュは言った。「デイジーは身長百六十センチ足らずで、体重四十八キロだった。小柄だ。犯人はこの手の容器のなかに彼女を入れ、必要なだけ漂白剤に浸けていた。浴槽は使わなかったんだ」

バラードは容器をしげしげと眺めた。ボッシュの説明は説得力があったが決定的ではなかった。

「それはひとつの仮説ね」バラードは言った。

「仮説じゃない」ボッシュは反駁した。

ボッシュは蓋のスナップを外せるよう、容器を床に置いた。それから蓋を持ち上げ、バラードがなかを見られるように斜めにした。内部に手を伸ばし、底のプラスチックに型押しされたメーカーのロゴを指し示した。それは直径五センチの円で、なかにA―S―Pの文字が縦にも横にも読めるようになっていた。

「A―S―P」ボッシュは言った。「アメリカン・ストレージ・プロダクツあるいはアメリカン・ソフト・プラスチックス。おなじ会社で、ふたつの名前を持っている。殺人犯はこの容器にデイジー・クレイトンを入れたんだ。浴槽やモーテルは要らなかった。この容器とヴァンがあればいい」

バラードは容器に手を伸ばし、メーカーのロゴに指を走らせた。ボッシュはバラードが自分とおなじ結論を導きだしているとわかった。ロゴは桶の下側から型押しされ、内側に畝になった線が浮かび上がっている。もしデイジーの肌がその畝に押しつけられたなら、ロゴがその印を残したはずだった。

バラードは腕を引き上げ、桶越しにボッシュを見上げた。

「どうしてこれがわかったの？」バラードは訊いた。

「犯人が考えたのとおなじように考えたんだ」ボッシュは言った。

「推測させて。この桶は追跡不可能でしょ」

「ガーディーナで作られ、各地の小売店に出荷されている。一部で業務店向けの直接販売もしているが、販売実績からすると忘れていい。全米のすべての〈ターゲット〉や〈ウォールマート〉で手に入れられる」

「こん畜生ね」

「そうだな」

ボッシュは桶に蓋を戻して、パチリと留め、背の高い棚に戻そうとした。

「持っていっていい？」バラードが頼んだ。

ボッシュはバラードを振り向いた。代わりはあるし、バラードが自分で容易に買えることもボッシュはわかっていた。それはパートナー関係に自分を引き寄せるための動きだとボッシュは推測した。ボッシュがバラードになにかを与えれば、それはふたりが協力して作業に当たっていることを意味した。

ボッシュは桶を手渡した。

「きみのものだ」ボッシュは言った。

「ありがとう」バラードは礼を言った。

バラードは公共事業部の資材置き場のあいているゲートを見た。

「オーケイ、じゃあ、今夜、シェイク・カードを調べはじめる」バラードは言った。

ボッシュはうなずいた。

「どこにあったんだ？」ボッシュは訊いた。

「保管場所に」バラードは言った。「だれも捨てたがらなかった」

「だと思った。賢明な行動だ」

「まだファイル・キャビネットにあるのを見つけたなら、あなたはどうするつもりだった？」

「わからん。たぶんしばらくあの場にいて、カードを調べさせてくれないかとマネーに頼んだんだろうな」

「殺人事件当日のカードを見るつもりだったの、それとも殺人事件のあった週のカードを見るつもりだった？　ひょっとしたら一ヵ月間の？」

「いや、全部だ。そこに保管されているカードを全部。犯人が二年まえ、あるいは一年後に職務質問されていなかったとだれにわかる？」

バラードはうなずいた。

「すべての石をひっくり返す。わかった」

「それを聞いて気が変わらないか？　たいへんな作業になるぞ」

「いいえ」

「そうか」

「じゃあ、もういく。早めにいってはじめたほうがいいかも」

「いい狩りを。立ち寄れるなら寄ってみる。だけど、執行しなきゃならない捜索令状があるんだ」

「わかった」

「おれがいかない場合、なにか見つかったら電話してくれ」

ボッシュはポケットに手を伸ばし、自分の携帯電話番号が記された名刺を取りだした。

「了解」バラードは答えた。

バラードは桶の両側に付いた凹んでいる取っ手部分をつかんで体のまえに容器を抱えて立ち去った。ボッシュが見ていると、バラードは滑らかなUターンをして、ボッシュのところに戻ってきた。

「ラッキー・ソトの話では、あなたはデイジーの母親と知り合いだそうね」バラードは言った。「それがあなたのさっき言っていた立場なの？」

「そう言ってもいいだろうな」ボッシュは言った。

「母親はどこにいるの――もしわたしが彼女と話をしたいとしたら？」

「おれの家にいる。いつでも話ができる」

「母親といっしょに住んでいるの？」

「彼女はおれのところに滞在している。一時的なものだ。ウッドロウ・ウィルスン・ドライブ八六二〇」

「オーケイ。わかった」

バラードはまた踵を返し、歩み去った。ボッシュは彼女が去っていくのをじっと見ていた。もうUターンはしなかった。

6

ボッシュは捜索令状を取って、未解決事件用囚房を施錠するため、刑務所に戻った。それからファースト・ストリートを横断し、駐車場脇の通用口からサンフェルナンド市警の刑事部屋に入った。刑事部の常勤刑事ふたりがワークステーションにいるのを目にする。ベラ・ルルデスは、上席刑事で、ボッシュが捜査で街に出なければならないときは、たいてい彼女とペアを組んでいた。ルルデスは、柔和な優しい表情をしており、それが優れた技能とタフさをカモフラージュしていた。オスカー・ルゾーンは、ルルデスより年上だったが、一番新しく刑事部に異動してきた人間だった。座りっぱなしでの肥満が落ち着きかけており、ベルトではなく、麻薬取締官のように首にかけたチェーンにバッジをぶら下げるのを好んでいた。そうでもしないかぎり、バッジは見えないだろう。チームの三人目、ダニー・シストは、いなかった。

ボッシュはトレヴィーノ警部のオフィスを確認し、ドアがあいていて、刑事部の指揮官が机の向こうに座っているのを見た。警部はなにかの書類作業から顔を起こしてボッシュを見た。

「どうだった？」トレヴィーノが訊いた。

「署名をしてもらい、受け取りました」ボッシュは令状を証拠として掲げ持った。「どういうやり方にするのか話し合うため、作戦司令室に全員を集めましょうか？」

「ああ、ベラとオスカーを呼んでくれ。シストは事件現場に出ているため、参加はできない。パトロールからだれか引っ張ってくる」

「ロス市警はどうします？」

「まず、作戦を立て、それからわたしがフットヒル分署に連絡し、先方と警部同士の話し合いをする」

トレヴィーノはそう言いながら、電話を手に取り、当直オフィスへかけようとした。ボッシュはオフィスから退出し、令状を使って、ルルデスとルゾーンに作戦司令室に向かうよう合図した。ボッシュは作戦司令室に入り、備品テーブルから黄色い法律用箋を一冊手に取ると、楕円形（だえんけい）会議テーブルの長辺の先端に腰を下ろした。いわゆる作戦司令室というのは、実際には多目的室だった。研修講義室、食堂、緊急の司令所として、ときには、刑事部全体——全部で五名の構成員からなる——で捜査や作戦の方針を練るために用いられていた。

ボッシュは腰を下ろすと、自分で作成した相当の理由セクションを読み返せるよう捜索令状の表紙をめくった。十四年まえに起こった殺人事件に関して書かれたものだった。被害者は、当時五十二歳だったクリストバル・ベガ。パイオニア・パークに向かって自宅近所の通りで犬に散歩をさせていたところ、後頭部を一発銃撃された。ベガは古株のギャング構成員だった。サンフェルナンド・ヴァレー地区最古の、もっとも暴力的なギャング組織のひとつ、バリオ・サンフェル（VSF）13団のボスだった。

ベガの死は、サンフェルナンドのような小さな街にとって衝撃だった。表向きはゴッドファーザーのような存在になり、近隣の争いを調停し、地元の教会や学校に多額の寄付をし、祝日には困窮者に食料配給すらおこなっていたため、地域社会でよく知られていた人物だったからだ。

それは三十年以上のギャングとしての経歴を隠蔽するための善人の偽装だった。VSFのなかでは、ベガは、暴力的なことで有名で、殺し屋おじさん（アンクル・マーダ）のあだ名で知られていた。四六時中ふたりのボディーガードと移動し、めったにサンフェルの縄張りを離れることはなかった。リーダー的立場と他の縄張りへの暴力的な進出計画の結果として、まわりを囲む他の組織のギャングたちから、〝処刑対象〟になっていたからだ。ヴァインランド・ボーイズ団は、ベガに死んでもらいたがっていた。パカス団は彼に死んでもらいたがっていた。パコイマ・フラッツ団は彼に死んでもらいたがっていた、などなど。

アンクル・マーダの殺害が、路上でひとりでいるところを殺(や)られたことは驚きだった。スエットパンツの腰に拳銃を挟みこんでいたものの、夜明け直後に要塞化した自宅を抜けだして、犬を散歩させても安全だと思いこんでいたようだ。自宅に帰ってくることはできなかった。公園の一ブロック手前の歩道でうつぶせに倒れていたところを発見された。暗殺者は背後からひそかに接近し、ベガはウエストバンドから銃を抜かぬままだった。

ベガは極道で、本人も人殺しだったものの、サンフェルナンド市警の殺人事件捜査は、当初、熾烈(しれつ)なものだった。だが、銃撃の目撃者は結局見つからず、唯一採取された証拠は、解剖で被害者の脳から取り除かれた三八口径の銃弾だった。同地区の競合ギャングで、その殺害の手柄を吹聴する組織はなく、ベガの逝去を嘆くか祝うかした落書きも、だれが、あるいはどのギャングがその暗殺を実行したのかに関する手がかりを残さなかった。

事件は迷宮入りし、毎年の定期的確認を割り当てられた刑事たちは、あまりやる気を見せなかった。被害者の死が社会にとっての大きな損失とは見られていない事件であることは明白だった。世界はアンクル・マーダ抜きでも立派にやっていっていた。

　だが、ボッシュが未解決事件見直し作業の一環として、その事件のファイルをひらいたとき、彼は異なるアプローチをした。ボッシュは、この世ではだれもが価値があり、そうでなければだれも価値がないという原則につねに従って、捜査に当たっていた。その信念は、どの事件にも、どの被害者にも最善の努力を払わねばならない、と命じた。人を殺(あや)めるＶＳＦの仕事を厭(いと)わずにおこなうことから、アンクル・マーダのあだ名を付けられているという事実は、殺害犯を見つけようとするボッシュの気持ちを揺るがさなかった。殺害犯が娑婆(しゃば)にいる。ベガ殺害以降、人を殺しているかもしれないし、また殺すかもしれなかった。ボッシュはその犯人を捕らえるつもりだった。

　死亡時刻はいくつかの因子により決定した。ベガの妻は、夫が午前六時に起床し、およそ二十分後、犬を連れて出かけた、と証言した。検屍官は、そこから、死体が公園近くで住民に発見された午前八時までの百分間にしか死亡時刻を絞れなかった。刑事たちによる二度にわたる近隣の徹底聞きこみでは、銃声を聞いたという証言をした住民はひとりも現れず、銃撃犯がサイレンサーを使用した可能性があるという結論が導かれた——あるいは、そのあたりの区域全体が警察に協力したくないと考えていたかだ。

何年もまえの事件を捜査することには数多くのハンデ――証拠や証人や事件現場の消失――があったにもかかわらず、時間の要素は、利点にもなりえた。ボッシュは、時間を自分の味方にする方法をつねに探していた。

クリストバル・ベガの捜査に関し、殺害から十四年のあいだに数多くのことが起こっていた。VSFの構成員たちやそのライバルたちの多くが、殺人を含む、さまざまな犯罪で刑務所に入っていた。なかには更生し、ギャングの生活から足を洗った人間もいた。ボッシュが狙いをつけたのは、そうした人々だった。データベースの検索や、サンフェルナンド市警と最寄りのロス市警のギャング対策班警官たちとの会話をもとにして、服役中または、更生したと思われているギャングたちのリストを作り上げた。

昨年一年間で、ボッシュは幾たびも刑務所に立ち寄り、また、ギャング組織を離れた男たちの自宅や職場を何度となく訪れた。個々の会話は、訪問する相手の環境に合わせたが、毎回、未解決のクリストバル・ベガ殺害についてさりげなく訊ねた。

そうした会話の大半は袋小路（ふくろこうじ）に突き当たった。対象者は、沈黙の掟（おきて）を守るか、ベガ殺害についてなにも知らないかのどちらかだった。だが、細かな情報が最終的にモザイク画を描きはじめた。おなじギャング団の構成員から三回以上ベガ殺害への関与を否定するのを聞くと、ボッシュはそのギャング団を容疑者リストから外した。結局、サンフェル(VSF)団のライバルたち全部をそのリストから消した。それは決定的ではないにせよ、ベガ自身の所属ギャング団の内部犯行であるという方向にボッシュの目を向けさせるには充分だった。

最終的に、ボッシュは、ロサンジェルス東部のアルハンブラ市にある靴のディスカウントストア裏の駐車場で有望な鉱脈を掘り当てた。その店は、更生した元サンフェル団員、マーティン・ペレスが、かつて所属していた暴力組織の縄張りから遠く離れて、在庫管理者として働いている場所だった。ペレスは四十一歳で、十二年まえにギャング団から足を洗っていた。ギャング情報班のファイルには、十六歳からサンフェル団の中心メンバーとして記されていたが、ペレスは何度も逮捕記録はあるものの、一度も裁判で有罪判決を受けずにその生活から抜けだしていた。一度も刑務所にはいかず、郡のあちこちの拘置施設に数日放りこまれただけだった。

ボッシュが目を通したファイルには、ペレスが活動的だった時代にほぼ全身に入れたタトゥのカラー写真が入っていた。そのなかには、首に**安らかに眠れ(RIP)アンクル・マーダ**と単色で入れられたタトゥがあった。これによってペレスはボッシュが話をしたい対象者リストの上位に入った。

ボッシュは靴屋の駐車場を見張り、ペレスが午後三時の休憩で煙草を吸うために出てきたのを目撃した。双眼鏡を使って、ペレスがまだ首に例のタトゥを入れたままであるのを確認した。ボッシュは休憩時刻を控え、車を発進させた。

翌日、ボッシュは休憩時刻の少しまえに戻ってきた。ブルージーンズと、染みがこびりついたデニムのワークシャツを着て、胸ポケットにはマールボロ・レッドのソフトパックを入れていた。ペレスが店の裏に出てきたのを見ると、ボッシュはさりげなくペレスに近づき、煙草を一本掲げ、火を借りられないか、と頼んだ。ペレスはライターに火を灯し、ボッシュは煙草に火を点けようと身をかがめた。

姿勢を元に戻すと、ボッシュはそばで見たばかりのタトゥを話題にし、アンクル・マーダはどうして亡くなったのか、と訊ねた。ペレスは、アンクル・マーダは身内にはめられたんだ、と答えた。

「どうして？」ボッシュは訊いた。

「がっついたせいだ」ペレスは答えた。

ボッシュはそれ以上追及しなかった。煙草を吸い終え――数年ぶりの喫煙だった――火を貸してくれたことに対しペレスに礼を言うと、立ち去った。

その夜、ボッシュはペレスが住んでいる共同住宅のドアをノックした。ベラ・ルルデスを伴っていた。今回、ボッシュはルルデスとともに身分を明かし、ペレスに、きみは問題を抱えている、と告げた。ボッシュは、携帯電話を取りだして、靴屋の裏で煙草を吸いながら交わした短い会話の録音を再生した。ペレスはギャングの殺人事件に関する知識を持っていたのに、当局にそれを意図的に伝えようとしなかった、とボッシュは説明した。これは司法妨害――犯罪――だった。殺人の共同謀議は言うまでもなく。協力に同意しなければ、ペレスが直面する容疑になるだろう。

ペレスは協力するというオプションを選択したが、昔の地元でかつてつるんでいただれかに見咎められたくないので、サンフェルナンド市警にいくのを望まなかった。ボッシュはウイッティア市にある保安官事務所の殺人課に勤務している旧友に連絡し、二時間、取調室を借りる手筈を整えた。

ペレスに対する容疑の脅しは、主にボッシュのはったりだったが、効果があった。ペレスはロサンジェルス郡の刑務所とカリフォルニア州拘置制度を死ぬほど怖がっていた。両方ともエメ――メキシコ・マフィア――の構成員がおおぜい収監されている、とペレスは言った。エメは、VSFと強い同盟関係にあり、密告者あるいは法執行機関の圧力に弱く、転びそうだとみなされている者に対する暴力的な制裁で知られていた。ペレスは、密告しようとしまいと、死すべき対象とされるだろう、と信じていた。ペレスは、自分が殺人犯ではなく、殺人犯の正体を知っているとボッシュとルルデスに信用してもらうことを期待して、洗いざらい告白するという選択をした。

　ペレスが打ち明けた話は、殺人の犯罪と同様、古くさいものだった。ベガはギャングのなかで力を持つ地位にのぼりつめた。そして絶対的権力は絶対的に腐敗する。ベガは、サンフェル団の犯罪企業活動から得られる本来の取り分以上のものを懐に入れるようになり、また、ギャング団の下層に属している団員に関わりのある若い女性に性行為を強要していることでも知られていた。そうした若い男衆の多くはベガを軽蔑した。トランキロ・コルテスという名の若者がベガに対する陰謀を計画した。ペレスによれば、コルテスはベガの妻の甥で、ベガの強欲と広く知られている不貞行為に激怒していたという。

　ペレスはギャング団内でコルテスの派閥に属しており、その計画の一部をひそかに知っていたが、自分はコルテスがベガを殺害した現場にはいなかったと主張した。その殺害事件はサンフェルナンド市警内部では完璧な暗殺だとずっと考えられてきた。銃弾以外の証拠はいっさい残されていなかったからだ。そのため、ボッシュとルルデスがペレスに問い迫ったのはそこだった。銃とその所有者、現在の所在について、幾度も質問した。

銃は、コルテス自身の銃だが、どうやってそれを手に入れたのかに関する情報は持っていない、とペレスは言った。ベガ殺害後、凶器がどうなったかに関しては、事件のあとすぐギャング団を抜け、ヴァレー地区を離れたのでまったくわからない、というのがペレスの言い分だった。だが、ペレスはボッシュが照準を定められるような情報を提供した。コルテスは自家製のサイレンサーを銃に装着していた、とペレスは言った。それは当初の捜査内容と合致していた。

ボッシュは神経を集中し、どのようにコルテスがそのサイレンサーをこしらえたのか訊いた。当時、コルテスはすぐ近くのパコイマにあるおじのマフラー店で働いていた、とペレスは言った。バイクのマフラーに用いられているのとおなじパイプと、パイプ内消音材料から、サイレンサーを作りだしたのだという。何時間もかけ、おじに知られずに作った。ペレスはまた、ほかのふたりのギャング仲間とともにそのマフラー店で、コルテスが銃に自家製サイレンサーを装着し、メイン・ガレージの奥の壁に向かって二発試射したときに居合わせたのを認めた。

ペレスの事情聴取のあと、捜査員たちの優先事項は、ペレスの証言をできるだけ確認することだった。ルルデスはコルテスとベガの妻との関係の裏を取ることに成功した。ベガの妻はコルテスの父親の姉だった。ルルデスは、また、ＶＳＦ内部でのコルテスの立場が、この十四年間で上昇し、いまや自分が暗殺したと疑われている男とおなじ幹部になっていた。一方、ボッシュは、ロサンジェルスのサンフェルナンド・ロードに所在する〈パコイマ・タイヤ＆マフラー〉が、容疑者のおじであるエリオ・コルテスにかつては所有され、現在のオーナーの名前は、サンフェルナンド市警とロス市警の持つギャング情報ファイルのどこにも見当たらないことを確認していた。そのほかの詳細が固められ、すべてが合わさった結果、ボッシュが捜索令状を求めに判事に会いにいくに足る相当の理由になった。

いま、ボッシュは捜索令状を入手し、事件をまえに進める頃合いになっていた。

作戦司令室に最初にやってきたのは、ルルデスとルゾーンだった。まもなくトレヴィーノがそれにつづき、最後に日直の司令官であるアーウィン・ローゼンバーグ巡査部長が入ってきた。市警の手続き規則に従うと、すべての捜索令状は制服警官の同席のもとに執行されることになっており、ローゼンバーグは、高度の対人スキルを持っているベテランのパトロール警官であり、その方面の手配を調整してくれるだろう。全員が楕円形のテーブルを囲んで着席した。

「おい、ドーナッツはないのか？」ローゼンバーグが訊いた。

このテーブルは、ふだんなら、市民から差し入れられた食べ物が広げられている場所だった。ほぼ毎朝、ドーナッツまたは朝食用のブリトーがあった。ローゼンバーグの失望は全員に共有された。

「さて、はじめるとしよう」トレヴィーノ警部が言った。「われわれが手に入れているものはなんだ、ハリー？　アーウィンに急いで内容を把握させてくれ」

「これはクリストバル・ベガの事件だ」ボッシュは言った。「十四年まえに発生したアンクル・マーダ殺害事件のことだ。われわれの手元には、サンフェルナンド・ロードの〈パコイマ・タイヤ&マフラー〉に入り、十四年まえにメイン・ガレージの奥の壁に向かって発射された銃弾を捜索することを認める捜索令状がある。その店はロス市警の縄張りであり、われわれは彼らと共同で捜索をおこなう。できるだけ控えめに捜索をおこない、容疑者あるいはサンフェル団のほかの連中に情報が伝わらないようにしたい。逮捕のときまでこの件を静かに捜査したい」

「サンフェル団相手だとそれは無理だろ」ローゼンバーグが言った。「連中はいたるところに監視の目を置いている」

ボッシュはうなずいた。

「それはわかっている」ボッシュは言った。「ベラが表向きのストーリーに取り組んでくれている。われわれは二日だけ稼げばいい。もし銃弾が見つかったら、それをラボで調べさせる。連中は特急でベガを殺した銃弾との条痕比較をしてくれる。もし条痕が合致すれば、容疑者のところへ赴く資格ができる」

「容疑者はだれなんだ？」ローゼンバーグが訊いた。

ボッシュはためらった。ローゼンバーグを信用していたが、容疑者について話し合うのはいい事件管理ではなかった――とくに情報提供者が関わっているときには。

「気にしないでくれ」ローゼンバーグはすぐに付け加えた。「おれが知る必要はない。で、この作戦を車一台で実行したいんだな、制服警官ふたりで？」

「最大でそこまでにしたい」ボッシュは言った。

「了解した。届いたばかりの新しいＳＵＶが、資材置き場にある。まだうちの車だとわかるデカールは貼られていない。その車を使える。おれたちがサンフェルナンド市警の人間だと喧伝せずに済む。それが役に立つかもしれない」

ボッシュはうなずいた。そのＳＵＶを旧刑務所のそばにある公共事業部の資材置き場で見かけていた。白黒の塗装を施されてメーカーから届いていたが、サンフェルナンド市警の識別ステッカーはドアや後部ハッチに貼られていなかった。ロス市警の車両と紛れることが可能で、捜索がサンフェルナンド市警の捜査の一環であるのを偽装するのに役立つかもしれなかった。また、VSF団に捜査を疑われないようにするのにさらに役立つだろう。

「万一、壁をそっくり運びだす必要が生じた場合に備えて、公共事業部の人間を同行させよう」ボッシュは言った。「覆面トラックを使えるだろう」

「で、表向きのストーリーというのはなんなんだ？」ルゾーンが訊いた。

「住居侵入の窃盗」ルルデスが言った。「もしだれかに訊かれたら、夜のうちに何者かが住居侵入をおこない、事件現場が生じたと話す。そうしないとダメなの。その場所は容疑者のおじの持ち物じゃなくなっている。こちらにわかるかぎりでは新しいオーナーは、潔白で、今回の捜索と表向きのストーリー両方に全面的な協力を得られると期待している」

「けっこう」トレヴィーノは言った。「いつ向かう？」

「あすの朝に」ボッシュは言った。「あの店が午前七時にひらくそのときに合わせて。運がよければ、近所のギャングどもの大半が目をあけるまえに店のなかに入って出てこられるだろう」

「わかった」トレヴィーノは言った。「ここに午前六時に集合し、店のドアがあいたときにはパコイマにいよう」

会議はそののち解散になり、ボッシュはルルデスのあとについて彼女のワークステーションに戻った。

「なあ、囚房に先ほど来客があったんだ」ボッシュは言った。「きみが彼女を寄越したのか？」

ルルデスは首を横に振った。

「いえ、だれもここには来なかった」ルルデスは言った。「一日じゅうわたしは報告書を書いていた」

ボッシュはうなずいた。バラードについてつらつらと考え、どこでおれを見つければいいのか、どうやってわかったんだろうと訝った。ルシア・ソトがバラードに話をしたというのがボッシュの推測だった。

それについてもすぐにわかるだろう、とボッシュにはわかっていた。

7

ボッシュは早めに帰宅した。ドアをあけるとたちまち料理の匂いがした。エリザベス・クレイトンがキッチンにいた。バターとガーリックで鶏肉(とりにく)をソテーしていた。

「やあ」ボッシュは言った。「美味しそうな匂いだ」

「なにか作ってあげたかったの」エリザベスは言った。

エリザベスがコンロの前にいる間、ふたりはぎこちなくハグをした。ボッシュが初めて彼女と会ったとき、彼女は娘の殺害事件を山ほどの薬で埋めようとしている薬物中毒患者だった。頭を剃(そ)り上げ、体重四十キロしかなく、疚(やま)しさと思い出をぼやかしてくれるオキシコドン三十ミリグラムと引き換えにセックスをすることも厭わない人間だった。

七ヵ月後、エリザベスは中毒状態を脱し、九キロ体重を増やし、灰色がかったブロンドの髪を恢復(かいふく)の過程で現れた美しい顔を包みこむだけの長さまで伸ばしていた。だが、疚しさと思い出はいまも闇の瀬戸際にあり、毎日、脅威を与えていた。

「そいつはすごいな」ボッシュは言った。「まず、さっぱりしてくる。いいかい？」

「三十分かかるわ」エリザベスは言った。「麵をゆでないと」

ボッシュは廊下を歩き、エリザベスの部屋を通り過ぎて、自室に入った。仕事の服を脱ぎ、シャワーを浴びた。頭から水を浴びながら、事件と被害者について考えた。いま夕食をこしらえてくれている女性は、殺人事件の副産物の被害者だった。彼女の娘は身の毛もよだつ形で殺害されたのだ。去年、ボッシュはエリザベス・クレイトンを救出したと思った。中毒状態から脱するのに手を貸し、いまの彼女は薬が抜け、健康だった。だが、薬物依存が現実の衝撃を和らげてくれ、娘の殺害について考えずに済むようにさせてくれていた。ボッシュは、エリザベスに彼女の娘の殺害事件を解決するつもりだと約束したのだが、薬で抑えていたたぐいの苦しみを感じさせずに事件について彼女に話をすることができないと気づいていた。自分は彼女を救ったのかどうかという疑問を抱きつづけた。

シャワーのあと、ひげを剃った。次の機会が訪れるまで二日はかかるかもしれないとわかっていたからだ。身支度を終えようとしたとき、エリザベスから食事ができたと呼ばれるのが聞こえた。

エリザベスが引っ越してきてから数ヵ月で、ボッシュはダイニングを本来の用途に戻した。ノートパソコンと取り組んでいる事件のファイルを自分の寝室へ移動させ、そこに折りたたみ式テーブルを据えた。エリザベスにしょっちゅう殺人事件を思いださせてはいけない、とボッシュは考えた。とりわけ、自分がそばにいないときには。

エリザベスはテーブルに向かい合わせになるようにセッティングをし、そのあいだに皿に載せた料理を置いた。彼女が取り分けた。水の入ったグラスが二個置かれていた。アルコールはない。「美味そうだ」ボッシュは言った。

「美味しかったらいいんだけど」エリザベスは言った。

ふたりはしばらくなにも言わずに食事をした。ボッシュは料理を褒めた。鶏肉はガーリックがよく利いていて、美味しい味が食道を下っていった。あとになってガーリックのにおいが戻ってくるだろうとわかっていたが、そのことは口にしなかった。

「グループはどうだった?」ボッシュは訊いた。

「マーク・トウェインがドロップアウトした」エリザベスは言った。

エリザベスは、毎日のグループ・セラピー・ミーティングに参加しているほかのメンバーを、似ていると思う有名人の名前を付けて呼んでいた。マーク・トウェインは、白髪頭でもじゃもじゃのひげを生やしていた。シェールとアルバート(アインシュタインのファーストネームのつもりだ)とOJ、レディー・ガガ、ガンジーがいた。ガンジーはベン・キングズレーから来るベンとも呼ばれていた。キングズレーはガンジーを演じてオスカーを受賞した俳優だった。

「永久に？」ボッシュが訊いた。

「そうみたい」エリザベスは言った。「再使用(スリップ)してしまい、ふたたび拘束に戻された」

「それはじつに残念だ」

「ええ。あの人の話を聞くのが好きだったのに。とてもおもしろかった」

さらなる沈黙がふたりのあいだに降りた。ボッシュは、なにか言うことか訊くことを考えだそうとした。ふたりの関係は気まずさが主たる部分になってしまっていた。自宅に彼女を招いて部屋を使わせたのは、間違いだったとずいぶんまえにわかっていた。そうすればどんな結果になると思っていたのか、いまでは定かではなかった。エリザベスはボッシュに元妻のエレノアを思いださせたが、それは外見が似ているのにすぎなかった。エリザベス・クレイトンは、克服せねばならない暗い思い出を抱え、前方には困難な道が待ち受けている、ひどくダメージを受けた人物だった。

一時的な招待でしかなかった――きみが自分の足で立てるようになるまでというたぐいの。ボッシュは、廊下のそばにある大きな納戸を小型の寝室に模様替えし、イケアで買った家具を据えた。だが、それからほぼ六ヵ月経っており、ボッシュは、エリザベスがふたたびひとりで立つ意思があるのか、そもそも立てるのかすらはっきりわからなかった。薬物依存の呼びかけはつねにそこにあった。娘の思い出は、彼女に付きまとう意地の悪い幽霊のようだった。そして、彼女には行き場がどこにもなかった。ロス市警からの深夜の電話とともに、自分の世界がばらばらになってしまうまで暮らしていたモデストに戻るという選択肢をおそらく別にして。

そうこうするうちにボッシュは自分の娘と疎遠になってしまった。エリザベスを招くまえに娘に相談しなかったのだ。娘は実家を離れて大学に通っており、すでにめったに帰ってこなくなっていたが、エリザベス・クレイトンを家に加えたことで、まったく帰ってこなくなった。いまやボッシュはオレンジ郡まで出かけて、あわただしい朝食か、遅い夕食をいっしょにしないかぎり、マディに会わなくなった。最後に訪ねたとき、娘はキャンパスの近くに三人の学生と共同で借りている家に夏のあいだも留まるつもりである、と告げた。ボッシュはその知らせをエリザベスを自宅に置いていることに対する直接の反応として受け取った。

「今夜、仕事をしないといけないんだ」ボッシュは言った。

「あしたの朝、捜索令状がらみの仕事があると言っていたわね」エリザベスが言った。

「そうだ。だけど、別件の仕事なんだ。デイジーがらみのことだ」

ボッシュは相手の反応を推し量れるまでそれ以上なにも言わなかった。しばらく間が空いたが、エリザベスはその話題を変えようとはしなかった。

「事件に興味を抱いているハリウッド分署の刑事がいる」ボッシュは言った。「彼女がきょうおれのところに来て、質問をした。彼女はレイトショーで、時間があるときに事件を調べてみるつもりでいる」

「深夜番組？」エリザベスは訊いた。

「ハリウッド分署の深夜勤務をそう呼んでいるんだ。なぜなら、あそこでは真夜中にあらゆるおかしな出来事が起こるせいだ。とにかく、彼女はおれが探していた古い捜査記録を見つけた――パトロール警官が路上で職務質問した人間の名前を記したカードだ。パトロール警官が呼び止めたり、怪しいと思ったりした人間の」

「デイジーは職務質問された人間のひとりだったの？」

「その可能性はあるが、おれがカードを見たい理由はそれじゃない。あの当時、ハリウッド周辺でほかにだれがうろついていたのか知りたいんだ。それが重要なことにつながっているかもしれない」

「わかった」

「とにかく、全部で十二の箱がある。おれたちふたりで今夜できる調査をおこない、おれはあしたの朝、捜索令状の件がある。調べるのに二晩かかるかもしれない」

「わかった。なにか見つかるのを期待している」

「その刑事──名前はバラードだ──彼女がきみのことを訊いた。きみに会いたいと思うようになるかもしれないと言っていた。それはかまわないだろうか？」

「もちろん。役に立てるようなことはなにも知らないけど、だれかとデイジーについて話すのはかまわない」

ボッシュはうなずいた。いまの会話は、ここ何週間で事件について話した内容よりずっと多く、これ以上進めたら、エリザベスを鬱状態の暗い螺旋に送りこんでしまわないだろうか、とボッシュは心配した。

ボッシュは腕時計を確認した。まだ八時にもなっていなかった。

「二時間ほど仮眠を取ってから調べにいくつもりだ」ボッシュは言った。「それでいいかな？」「ええ、そうして」エリザベスは言った。

「ここの片づけを済ませてから、静かにしているから」

「そんな気を遣わないでくれ。眠れるかどうかわからない。たんに休むつもりだ」

十五分後、ボッシュは仰向けになり、寝室の天井を見上げていた。キッチンで水が流れ、食器が流しの隣にあるラックに立てかけられている音が聞こえた。目覚ましをセットしていたが、眠れないだろうとわかっていた。

BALLARD

8

バラードはシェイク・カードの取り組みをはじめられるように、午後十一時のシフトはじまりより三時間早くハリウッド分署に到着した。まず、分署のメイン建物に入り、充電器からレイトショー用携帯無線機（ローヴァー）を手に取ると、それを持って駐車場を横切り、廊下に段ボール箱を並べている附属建物に向かった。ジムやマーシャルアーツ訓練室にはだれもいなかった。分署の最後のリノベーション以前にあった木製の机がまだ保管されている倉庫になっている部屋のひとつに作業スペースを見つけた。昼間ボッシュがああ言っていたものの、バラードは職務質問カードの箱をデイジー・クレイトン殺害の時期からすぐに調べたくなった。ひょっとしたら運がよくて、三×五インチのカードのなかに明白な容疑者が現れるかもしれない。だが、ボッシュの立てた計画が正しいものだと、バラードはわかっていた。完璧を期すため、バラードは、最初からはじめ、時系列順に調べていくべきだった。

ってシェイク・カードの最初の箱には、二〇〇六年一月からはじまる日付のカードが入っていた。クレイトン殺害事件の丸三年まえからだ。バラードはその段ボール箱を自分が使う机の隣の床に置き、一度に十センチ分の束を引っ張りだしはじめた。一枚ずつカードの裏表を確認し、呼び止めた場所と時刻に着目し、質問対象者が男性かどうかを確認してから、必要ならば詳細をさらに吟味した。

最初の箱に目を通すのに二時間かかった。調べたすべてのカードのなかから、ボッシュとともにフォローアップをし、話し合うため、三枚をどけ、自分用に一枚をどけた。その過程で、ハリウッドがこの社会の多くのフリークども負け犬どもの終着点だという長いあいだ抱いている自分の見解を再確認した。カードには、あてどなく路上をさまよい、どんなおそろしい機会であれ、それを求めている連中の聴取記録が次々と出てきた。おおぜいが、ドラッグあるいはセックスを買おうとしてやってきた外部の人間だった。そして警察に呼び止められて、その行動を思い留まることになった。どうやら自分たちの状況を変える計画を持たずにハリウッドの路上に根付いている人々もいた——捕食者あるいは獲物のどちらであれ。

作業の過程で、バラードは、職務質問をおこなった警官たちに関して多少知るようになった。冗長な者もいれば、深刻なほど文法のミスをする者もいて、自分たちが聴取する市民を表現するのにアダム・ヘンリー（アダム・ヘンリーのイニシャルはAHで、asshole《クソ野郎》を指す警察内の隠語）のような符牒（ふちょう）を用いる者もいた。なかには明らかに職質カードを書くのを嫌っていて、書く内容を最小限に留めている者もいた。自分たちの仕事の状況や、それがもたらす人間に対する見方にもかかわらず、ユーモア感覚を保っていられる者もいた。

カードの白紙の裏面は、もっとも興味深い情報が見つかる場所だった。バラードはハリウッドと、ひいては社会全体に関して、パトロール警官たちがなにを書いているかに対するほぼ人類学的興味を抱きながら、そのミニ報告書を読んだ。当該パトロール警官が書いていることを気に入ったという単純な理由で、一枚のカードを脇へどけた。

対象者は人間回転草（タンブルウィード）
風に吹かれるままに転がっていく
あすは遠くへ吹き飛ばされ
いなくなろうとだれも惜しまない

それを記したパトロール警官は、カードにT・ファーマーと記名していた。気がつくとバラードは、ファーマーの哀愁を帯びたストリート・レポートをもっと読めるよう、彼の職質カードを探していた。

フォローアップ用に脇へどけた三枚のカードは、いずれも、呼び止めたパトロール警官によって、〝観光客〟と見なされていた白人男性たちのものだった。つまり、彼らはなにかを求めてハリウッドにやってきた部外者だった。この三人の男性の場合、それはセックスである可能性がきわめて高かった。呼び止められ、職務質問を受けた際、彼らはなんの罪も犯していなかった。そのため、パトロール警官は、自分たちが書き記す内容に細心の注意を払っていた。だが、職務質問の場所と時間と内容から、警官たちには彼らが売春婦を求めて、うろついていたのは明らかだった。ひとりの男は徒歩でやってきており、別のひとりは車で来ていた。三番目は、業務用ヴァンと描写されている車に乗っていた。バラードは三人の男性の氏名とプレートナンバーをコンピュータや法執行機関のデータベースに入れて調べ、より精査が求められる逮捕記録や行動記録が残っていないか探った。

二番目の箱を半分まで調べていたところ、ローヴァーがちょうど午前零時に甲高い音を立てた。マンロー警部補からだった。

「点呼に出ていなかったな、バラード」

バラードは点呼に出席する必要がなかったが、たいてい出席していたため、いかない場合は気づかれた。

「それは申し訳ありません。取り組んでいるものがあり、時間が経つのを忘れていました。なにか知っておくべきことがありますか？」

「いや、静かなものだ。だが、昨晩来たきみのボーイフレンドがここにいる。追い返そうか？」

バラードはマイクのキーを押して返事をするまえに一拍待った。来訪者というのはボッシュだろうと思った。ボッシュをボーイフレンドと呼ぶマンローにクレームをつけるのは、まったくの時間の無駄になるだろうし、そこから得るものより失うもののほうが大きいだろうとわかっていた。

バラードはマイクのキーを押した。

「刑事部屋にはいません。わたしの〝ボーイフレンド〟をそこに押しとどめていて下さい。こちらから出向きます」

「了解」

「あの、警部補。T・ファーマーという名のパトロール警官がハリウッド分署にいますか？」

もしファーマーがまだ分署にいるなら、きっと昼間の勤務帯に属しているはずだった。夜勤の職員をバラードは全員知っていた。

マンローが返事をするまで、少し間があった。

「もういない。きみがここへ来るまえにＥＯＷになった」

当直の終わり（エンド・オブ・ウオッチ）。警察官の死を指す符牒だ。バラードは三年まえハリウッド分署に異動になった際、分署全体が署員のひとりの死を悼んでいたのを思いだした。自殺だった。それがファーマーだったといま気づいた。

バラードは目に見えないパンチを胸に食らった気がした。マイクのキーを押した。

「了解です」

バラードは職務質問カードの検討を、置き場所に近いところでおこなうことに決めた。ボッシュを倉庫になっている部屋に連れていき、古い机をボッシュにあてがった。その部屋だと、ほかのハリウッド分署の警官がバラードとともに働いているボッシュを見て、疑念をかきたてられる可能性はずいぶん少なくなるだろう。バラードは当直オフィスの直通番号でマンロー警部補に連絡し、必要な場合に自分がどこにいるか伝えた。

9

ボッシュとバラードは、バラードがすでに目を通したカードをボッシュが読み直すよりも、それぞれ手分けして読んでいくことに決めた。それはふたりのあいだにできた最初の信頼の兆候だった。おたがいが相手のカード評価を信頼できるという信念を抱いたのだ。それによって作業処理スピードが上がるだろう。

バラードはボッシュの机と直角になる位置にある机に着席した。それによって、自分はボッシュを前方に見ることができる一方、ボッシュは首をひねらねばならず、こちらを観察しようとしているのがよりわかりやすくなっていた。当初、バラードはこっそりボッシュの様子をうかがい、それによってボッシュの処理方法が異なっているのを確信した。さらなる検討のためカードをどけるペースがバラードよりはるかに速かったのだ。ある時点で、ボッシュは自分が見られているのに気づいた。

「心配しないでくれ」ボッシュは作業から顔を起こさないで言った。「おれは二段階のアプローチを採用している。最初に大きな網を投げ、次にそれより小さな網を投げるんだ」

バラードはただうなずいた。見ているのを気づかれたことに少し恥ずかしくなった。すぐにバラードはみずからも二段階アプローチをはじめ、ボッシュに関心を払うのをやめた。彼を見ていることで自分の作業の進捗が遅れるだけだと気づいたのだ。長い沈黙を経て、カードの大きな束を興味なしの山に積んでから、バラードは口をひらいた。

「ひとつ訊いていい？」バラードは話しかけた。

「ノーと言ったらどうするんだ？」ボッシュは返事をした。「どちらにせよ、訊くだろ」

「どうしてデイジーの母親があなたの家で暮らすようになったの？」

「話せば長くなるが、彼女には住む場所が必要だった。うちには余っている部屋があった」

「じゃあ、これはロマンティックな関係ではないのね？」

「ない」

「だけど、あなたは赤の他人を自宅に住まわせた」

「ある意味では。直接関係のない事件で彼女に会った。おれは彼女が苦境から脱する手助けをし、デイジーのことを知ったんだ。おれは母親にその事件を調べてみると言い、おれが捜査しているあいだ、部屋を使っていいと伝えた。彼女はＬＡから五百キロほど離れたモデストの出身なんだ。われわれがこの事件を解決したら、おれは部屋を返してもらい、彼女は故郷に帰ると思う」

「ロス市警にいたら、そんなことはできなかったでしょうね」

「おれがまだロス市警にいたらできなかったことがたくさんある。だが、おれはロス市警に所属していない」

ふたりはカードの作業に戻ったが、すぐにバラードがまた口をひらいた。

「いまでも彼女と話をしたいと思っている」バラードは言った。

「彼女には伝えた」ボッシュが返事をする。「いつでもきみの都合のいいときに」

半時間が経ち、ふたりともどうにかそれぞれの箱に入っているカードを調べ終えた。ボッシュは廊下に出て、新しい箱をバラードのために取ってきてから、自分用の箱を取ってきた。

「どれくらいこの作業をできる？」バラードが訊いた。

「今夜という意味か？」ボッシュは訊いた。「五時三十分ごろまでだな。六時にヴァレーで用事がある。ほぼ一日じゅうかかるだろう。そうなったら、戻ってくるのはあしたの夜だな」

「いつ眠るの？」

「眠れるときに」

ふたりが次の箱に取りかかって十分が経ったころ、バラードの無線が甲高い音を立てた。バラードが応答すると、マンローが、サンセット大通りの住居侵入立てこもりに刑事の派遣要請が出ている、と伝えた。

バラードは目のまえの職質カードの束を見てから、無線で返信した。

「ほんとに刑事が必要なんですか、警部補？」

「パトロールからの要請だ。なにか用事の最中なのか？」

「いえ、いまから出ます」

「了解。向こうに着いたら状況を教えてくれ」

バラードは立ち上がり、ボッシュを見た。

「いかないと。あなたをここに置いていけない」バラードは言った。

「ほんとか？」ボッシュは訊いた。「おれはここにとどまり、調べを続けたいんだが」

「だめ、あなたはロス市警の人間じゃない。監督者を置かずにあなたをここに残していけない。だれかがやってきて、ここにいるあなたを見つけたら、わたしが叱責される」

「わかった。で、おれはどうするんだ、きみといっしょにいくのか？」

バラードはその提案について考えた。うまくいきそうだ。

「ついてきていい」バラードは言った。「カードの束を持っていって、わたしがこの呼びだしを確認しているあいだ、あなたは車のなかにいて調べればいい。長くかからないことを願ってる」

ボッシュは机の隣に置いている箱に手を伸ばし、両手でかなりの量の束をつかんだ。

「いこう」ボッシュは言った。

住居侵入通報を寄越したのは、分署から五分もかからない住居だった。その住所にバラードは覚えがあったが、到着して、そこがサンセット大通りにある〈サイレーンズ〉という名のストリップ・バーであるのを目にするまで、どこのことだかピンと来ていなかった。店はまだあいており、それによって住居侵入の問題が少し当惑させられるものになった。

一台のパトカーが駐車サービス（ヴァレー）ゾーンを塞いでいた。バラードはそのうしろに車を停めた。パトカー二チームがすでに対応しているのがわかっており、もう一台のパトカーは分署裏の路地にいるのだろうと推測した。

「おもしろいことになりそうだな」ボッシュが言った。

「あなたの仕事じゃない」バラードは言った。「ここで待ってて」

「了解しました、奥さま」

「これがただの誤報で、すぐに戻れたらいいのに。休憩（コード7）を考えはじめてる」

「腹が減ったのか？」

「いますぐじゃないけど、ランチブレークを取らないと」

バラードはコンソールの充電器からローヴァーをつかみ、車を降りた。

「どこがあいてる？」ボッシュが訊いた。

「ほぼどこもあいてない」

バラードはドアを閉め、〈サイレーンズ〉の入り口のドアに向かった。

店内の入り口エリアは赤い照明がほのかに灯されていた。用心棒兼会計係がいるレジがあり、ダンス・フロアに通じているアーチ付き通路につながったビロードのロープで区切られた入場整理区画があった。フェイクのティファニーのアトリウム天井の下、赤で縁取られた三つの小さなステージが見えた。ステージ上には、服を脱ぐさまざまな段階の女性たちがいたが、客はほとんどいなかった。現在、午前二時四十分で、バーは午前四時まであいている。バラードは用心棒にバッジを見せた。

「パトロール警官たちはどこ？」バラードは訊いた。

「案内する」用心棒は言った。

用心棒は赤いビロードのペイズリー模様の壁と模様が一体化しているドアをあけ、暗い廊下を通り、明るく照明の灯ったオフィスのあいているドアまでバラードを案内した。そののち、用心棒はフロントへ戻っていった。

三人のパトロール警官は、狭い部屋にひしめきあって、ひとりの男が座っている机のまえにいた。バラードはうなずいた。青い制服警官たちは、ドヴォレクがリーダーで、ほかはヘレラとダイスンだった。そのふたりをバラードはよく知っていた。ふたりは数少ない女性チームであり、レイトショーの女性警官たちはいっしょに休憩（コード7）を取ることがよくあったからだ。ヘレラは先輩格の警官で、四本の年功袖章をつけていた。彼女のパートナーのダイスンは一本だけだった。ふたりとも容疑者につかまれ、引っ張られるのを避けるため、髪を短くしていた。たいていの日、ふたりがシフト終了後にジムでワークアウトをしているのをバラードは知っており、ふたりの肩と上腕がその結果を示していた。ふたりの女性警官は、人と対峙（たいじ）する場面で男性にひけをとらず、ダイスンに関しては、先陣を切りたがるという噂があった。

「バラード刑事、来てくれてありがとう」ドヴォレクが言った。「こちら、ペラルタさん。このすてきな施設のマネージャーで、刑事の立ち会いを求められたんだ」

バラードは机の向こうにいる男を見た。五十代、体重過多、オールバックの黒髪、先のとんがったもみあげ。襟付きの黒シャツの上に、けばけばしい紫のベストを着ていた。椅子のうしろの壁には、裸の女性のポスターが額に入れて飾られていた。ストリッパー・ポールを使って意図的に陰部が隠れるようにしているものの、小さなハート形に陰毛をトリミングしているのを隠せるほどではなかった。男の右側には、ビデオモニターがあり、ステージやバー、クラブの出入り口に設置された監視カメラの十六の映像を映していた。バラードはその四角い画面のひとつに右肩のほうからとらえられている自身の姿を認めた。

「どんなご用ですか？」バラードは訊いた。

「まさに夢が実現したな」ペラルタは言った。「ロス市警がほぼ女性ばかりになっていたとは知らなかった。アルバイトをする気はないかい？」

「あの、警察の関わりを必要としている問題を抱えているのですか、いないんですか？」バラードは問いただした。

「抱えている」ペラルタは言った。「問題があるんだ——何者かがここに侵入しようとしている」

「しようとしている？　入り口のドアから歩いて入ってこられるのにどうして侵入しようとするんです？」

「さあな。おれが言おうとしているのは、降りてこようとしているんだってことだ。これを見てくれ」

ペラルタはビデオモニターのほうを向いて、その下にある引き出しを引っぱり、キーボードを出してきた。いくつかキーを叩くと、画面が、この施設の概略図に置き換わった。

「建物のすべての開口部に監視装置を設置しているんだ」ペラルタは言った。「屋根にいる何者かが明かり窓をいじくっている。そこを通って、降りてくるつもりでいる」

　バラードは机の上に身を乗りだし、画面がよりよく見えるようにした。ステージの上の明かり窓二枚を破ろうとした形跡が示されていた。

「これはいつ起こったんです？」バラードは訊いた。

「今夜だ」ペラルタが答える。「一時間ほどまえだな」

「なぜ侵入しようとするんでしょう？」

「ふざけているのか？　この商売は現金商売なんだ。おれは朝の四時半に現金を詰めた鞄を抱えてここから出ていったりしない。おれはそんなにバカじゃない。全部金庫に入れて、週に一度、もしかしたら二度、昼に銀行へ金を運びにいく。そのあいだずっと、だれも相手にしたいとは思わない強面のふたりの部下に背中を守らせている」

「金庫はどこにあるんです？」

「あんたがその上に立っている」

　バラードは下を見た。パトロール警官たちは、部屋の壁に向かってどいた。板張りの床に切りこまれた輪郭があり、落とし戸を引っ張ってあけるためのフィンガーホールドがあった。

「動かせるんですか?」バラードは訊いた。

「無理だな」ペラルタは答えた。「コンクリートにはめこんでいる。ドリルで穴をあけるはめになる——組み合わせ暗証番号を知らないかぎり。それを知っている人間は三人だけだ」

「で、どれくらい入っているんです?」

「週があけてから銀行に預けた。だから、今夜は少なくなる。いまのところ、一万二千ドルほどだな。今夜、レジを締めるころには一万六千ドルにはなっているだろう」

バラードは手に入れた情報を検討し、顔を起こし、ドヴォレクと目を合わせ、うなずいた。

「わかりました」バラードは言った。「見てまわります。屋根に監視カメラは付いていますか?」

「いや」と、ペラルタ。「なにも上にはない」

「屋根に上がる手段は?」

「室内からはない。外から梯子(はしご)をかけないとならない」

「いいでしょう。調べてから戻ってきます。路地に通じているドアはどこにありますか?」

「マーヴに案内させる」

ペラルタは机の下に手を伸ばし、ボタンを押して用心棒を呼んだ。すぐにビロードのロープのところにいた大男が戻ってきた。

「この人たちを裏へ連れていけ、マーヴ」ペラルタは言った。「路地に」

数分後、バラードは路地に立ち、クラブの屋根の輪郭線を確認していた。建物は独立しており、高さ約六メートルほどで、平屋根が付いていた。両側の建物からアプローチする手段はなく、上にのぼるのに梯子や明白な手段はなかった。バラードは自分の背後を調べた。路地の反対側は、木製やコンクリート製のフェンスで塞がれており、そばの住宅と境を接していた。

「明かりを貸してくれない？」バラードは頼んだ。

ダイスンが装備ベルトからペリカンを外して、バラードに手渡した。小型だが強力な懐中電灯だ。バラードは建物の端まで歩いていき、上にアクセスする場所を探した。西の角近くに上へいけそうな地点を見つけた。並んでいる市のゴミ容器を囲むためコンクリート・ブロック塀が建てられていた。高さ約一・八メートルで、屋根の縁に沿って取り付けられた雨樋（あまどい）の縦樋の横にあった。バラードは縦樋を懐中電灯で照らし、数十センチおきに外壁に取り付け金具でしっかり留められているのを見た。

ドヴォレクがバラードの背後にやってきた。

「あなた用の梯子がある」バラードは言った。

「あんたものぼるのか？」ドヴォレクが訊いた。

「命を懸けるほどじゃない。ヘリを呼ぶ。屋根を照らしてもらって、もしだれかそこにいるなら、降りてきたところを捕まえよう」

「いいアイデアだ」

「反対側の角に女性たちを待機させて。犯人が梯子を持っていて、反対側に降りようとしたときに備えて。航空部隊にオフラインで連絡する」

「わかった」

バラードはヘリコプターに無線を使いたくなかった。泥棒がロス市警の周波数を傍受している可能性があるからだ。たいていの夜、バラードは市の西側をカバーするヘリに乗っている戦術飛行警官と業務上の提携関係を築いていた。両者はおなじ通報に反応することが頻繁にあった。バラードは地上で、観測手（スポッター）のヘザー・ルークは、パートナーであるパイロットのダン・サムナーとともに空で。バラードはルークにショートメッセージを送った。

あなたたち、起きてる？

二分後に返信があった。

ええ。轢き逃げ容疑者の追跡を完了したところ。どうした、RB？

バラードは、ルークとサムナーのチームが、轢き逃げ事件に関与した車を追跡したあとでアドレナリン・ハイになっているだろうとわかった。彼らがいまフリーであるのを喜ぶ。

サンセット七一七一にあるサイレーンズ・ストリップ・バー上空に飛んできてもらう必要あり。容疑者がいるかどうか確かめるため、屋根を照らして。

了解――到着予定三分後。

了解。五チャンに変えて。

了解。五チャンに変更。

緊急時に無線で連絡しなければならなくなった場合、その戦術チャンネルは、インターネットでは容易に入手されない未公開周波数だった。

バラードはまだダイスンの懐中電灯を持っていた。建物の反対側の角にいる三人のパトロール警官の関心を惹くため、懐中電灯を振った。空いている手を明かりのなかに入れ、三本の指を立て、手を宙でくるくる回した。

一行は待った。バラードはこれが成果のない試みであると確信していた。もし実際に何者かが屋根にいれば、パトカーがやってきたときそのライトに気づいて、警官が建物に入ったときには逃げだしている可能性が高かった。だが、ヘリで屋根を確認することで、ペラルタをそれなりに得心させられるはずだった。そののち、バラードは刑事部の指揮官宛に、侵入未遂の痕跡を探るため、昼間に屋根を確認すべく、営利的不法侵入課からだれか派遣してもらうよう要請書類を書くことになるだろう。

ヘリが近づいてくる音が聞こえ、建物の裏壁、ゴミ容器置き場の隣に近いところでホバリングした。バラードはローヴァーを手にして、戦術五チャンネルに切り換えた。

バラードは待った。路地は酒と煙草のにおいがただよっていた。鼻ではなく口で息をする。

まもなくヘリの強力な光線がすべてを覆い尽くし、夜を昼に変えた。バラードはローヴァーを口元に持っていった。

「なにかある？　エア・シックス」

バラードはローヴァーを耳に押し当て、ヘリの回転翼の音にかき消されずに応答が聞こえるよう願った。部分的に聞こえた。ヘザー・ルークのテノールの声は、実際に聞こえた以上の情報をバラードに伝えた。何者かが屋根にいるのだ。

「……複数の容疑者。角に……向かっている……」

バラードはローヴァーを降ろし、武器を抜いた。屋根の輪郭に向かって銃を掲げながら、路地を後退する。ヘリの照明は目を眩ませていた。やがて動きを目にし、叫びが聞こえたが、回転翼の音にまぎれてなんと言っているのかは聞き分けられなかった。何者かが雨樋の縦樋を滑り降りてくるのを見た。途中で手を滑らせ、地面に落下した。すぐにもうひとりの人間がパイプを下ってきたかと思うと、さらにひとりが降りてきた。

バラードは銃でその動きを追った。すぐに容疑者三名全員が路地を駆けだした。

「警察だ！　その場で止まれ！」

逃げていた人影のうちふたつが走るのをやめた。三人目は走りつづけ、路地の末端までたどり着くと、左へ曲がった。

バラードは立ち止まり、すでに両手を上げているふたりに近づきはじめた。バラードが彼らにひざまずくよう命じているとダイスンがそばを走り過ぎ、三人目の容疑者を追って、さらに路地を駆けていった。ヘレラが自分より若いパートナーのあとをついていったが、はるかにゆっくりしたペースで走っていた。

バラードが銃を構えたまま近づいていき、目にしたのは――

地面にひざまずいているふたりの容疑者は、ただの子どもだった。

「いったいなんだ？」ドヴォレクがバラードの隣にやってきて言った。

バラードは銃をホルスターに納めると、ドヴォレクの腕に手を置いて、彼の銃も下げさせた。バラードは歩いてまわりこみ、ダイスンの懐中電灯の光線をふたりの顔に浴びせた。ふたりはせいぜい十四歳といったところだった。ふたりとも白人で、ふたりとも怯（おび）えているようだった。Ｔシャツとブルージーンズ姿だった。

バラードはローヴァーをゴミ容器置き場のそばの地面に落としたことに気づいた。

「騒がしくてどうしようもない」バラードはドヴォレクに言った。「ヘリに五チャンネルで連絡して、ここは問題ない（コード4）ので、逃亡者の追跡に付き合って、と伝えて」

ドヴォレクは自分のローヴァーでその連絡をおこない、すぐにヘリは三番目の少年が逃げた方向である南へ向かった。バラードは目のまえにいる幼い顔に光を浴びせたままでいた。ひとりの少年が眩しい光を遮ろうと片方の手を下げた。

「両手を上げたままにしなさい」バラードは命じた。

　相手は応じた。

　バラードは目のまえのふたりの少年を見て、彼らが屋根の上にいた理由にピンと来た。

「あなたたちふたりはすんでのところで自分たちを死なせてしまうところだった。それがわかってる？」バラードは叱りつけた。

「ごめんなさい、ごめんなさい」ひとりの少年が弱々しく言った。

「あなたたちはあそこでなにをしていたの？」

「たんに見てまわっていただけなんだ。ぼくらはなにも――」

「見てまわる？　裸の女性を上から覗いていたという意味？」

冷ややかな強い光線のなかで、ふたりの頬が恥ずかしさで赤く染まるのをバラードは見た。だが、現場を押さえられ、それを女性に指摘されるのは恥だとふたりが感じているのをバラードはわかっていた。女性の体を天窓から覗くため屋根にのぼるのが恥ずかしいことではなく。

バラードはドヴォレクにちらっと目をやり、その顔に小さな笑みが浮かんでいるのを見て取った。あるレベルで、ドヴォレクが少年たちの創意工夫に感心しているのをバラードは悟った——男の子はいつまでも男の子だ——そして男と女の世界では、女性が完全に同等の存在として見なされ、扱われるときがけっして訪れないだろうとわかっていた。

「うちの親に言わないとダメなわけ?」少年のひとりが訊いた。

バラードは懐中電灯を下ろし、ローヴァーを拾いに戻った。

「どう思う?」バラードがかたわらを通り過ぎたとき、ドヴォレクは落ち着いた声で訊ねた。

その質問がさらにドヴォレクという男の考え方をあらわにしていた。

「あなたの仕事でしょ」バラードは言った。「わたしはこの一件から外れる」

10

ファーマーズ・マーケットの〈デュパーズ〉には、レストラン全体と出入り口を一望できるブースがひとつあった。空いているときにはバラードはつねにそのブースを選んだ。まともな食事休憩を取れる夜にはたいてい、あまりに遅い時間で、その店はほぼ客がおらず、自由にそのブースを選べた。

バラードはボッシュの向かいに腰を下ろした。ボッシュはコーヒーしか頼まなかった。サンフェルナンド市警では、ほぼ毎朝、朝食にブリトーやドーナッツが提供されているのだ、とボッシュは説明した。自分のチームが捜索令状を執行するまえにブリーフィングのため午前六時にそこへいくつもりである、とも。

バラードは遠慮しなかった。昨晩、夕食を抜いていて、腹が空いていた。ボッシュとおなじくコーヒーを頼んだが、パンケーキと卵とベーコンを含む、ブループレート・スペシャル（安価な定番メニュー）を加えた。料理を待ちながら、バラードは、自分が〈サイレーンズ〉の出動要請に応じているあいだ、ボッシュが目を通したであろう職質カードの束について訊ねた。

「どけておくカードはなかった」ボッシュは言った。

「ファーマーという名のパトロール警官が書いたカードに出くわさなかった?」バラードは訊いた。「すぐれた書き手だった」

「出てこなかったと思うが……それほどたくさんの名前を調べたわけじゃない。きみが言ってるのは、ティム・ファーマーのことか?」

「ええ、知り合い?」

「おれは彼といっしょにポリス・アカデミーに入ったんだ」

「ファーマーがそんな年だったとは思わなかった」

バラードはすぐに自分がなにを言ったのか悟った。

「ごめんなさい」バラードは謝った。「つまり、ほら、そんなに長く警察にいた人間がまだパトロールの現場にいたのはどうしてなんだろう、と」

「なかには現場を諦められない人間がいるんだ。知ってるだろ、ファーマーは——」

「ええ、知ってる。なぜそんなことをしたの?」

「だれにわかる? あの男は退職まで一ヵ月だった。一種の強制的な退職だったと聞いている——もし定年延長をしても、内勤にされただろうな。それで退職の書類を提出し、最後のパトロール勤務の最中に自裁したんだ」

「ひどく悲しい話ね」

「たいていの自殺はそうだ」

「彼の書き様が好きだった。シェイク・カードに書かれた彼の所見は詩のようだった」

「多くの詩人が自殺する」

「そうみたいね」

ウエイターが料理を運んできたが、バラードは急にそれほど空腹を感じなくなっていた。一度も会ったことがない男に対して、悲しみを覚えていた。いずれにせよ、数枚重ねられたパンケーキにシロップを注いで、食べはじめた。

「で、アカデミーを卒業したあと、連絡を取り合っていたの？」バラードは訊いた。

「そうでもない」ボッシュは答える。「当時は親しかった。同期会もあったが、おれたちは違う路線を進んでいたんだ。いまのようにソーシャルメディアや、Facebookみたいなものはなかった。ファーマーはヴァレー地区に配属され、おれがハリウッドを出ていったあとで異動してきた」

バラードはうなずき、料理を少しずつ口にした。パンケーキはシロップを含んでずくずくになり、ますます食欲をそそらなくなってきた。フォークを卵のほうに向けた。

「キングとカーズウェルについて、あなたに訊くつもりだったんだ」バラードは言った。「あなたかソトが、この捜査のはじめに彼らと話をしたと思う」

「ルシアが話をした」ボッシュは言った。「少なくともふたりのうちひとりと。キングは五年ほどまえに引退して、アイダホ州のイースト・バムなんたらというところに引っ越した――電話もインターネットもない森林のなかのどこかだ。まったく電気の通じないところにいってしまった。ルシアはキングの年金小切手が届けられている私書箱の情報を手に入れ、事件に関してインタビューしたいと頼む手紙を送った。まだ回答を待っているところだ。カーズウェルも引退し、オレンジ郡の地区検事局で調査員の仕事に就いた。ルシアはそこへ出かけて、カーズウェルと話をしたが、新しい情報はなにも出てこなかった。事件のことをほとんど覚えておらず、知っていることは全部殺人事件調書のなかにある、という返事だった。自分が解決しなかった事件について話をしたいと思っているようではなかったそうだ。きみもその手のタイプの人間を知っているはずだ」

「ええ――『おれが解決できないのなら、だれも解決できん』。アダム・サンズはどうなったの、デイジー・クレイトンのボーイフレンドの。あなたたちのどちらかがあらたな聴取をした？」

「できなかった。サンズは二〇一四年に過剰摂取が原因で死んでいた」

バラードはうなずいた。サンズにとって驚くような終わり方ではなかったが、デイジー・クレイトンが生きていたときや死んだときの状況を説明し、ほかの家出人や知人の名前を提供してもらうのに役立ったかもしれないため、がっかりさせられる事実だった。ボッシュが職務質問カードのありかを知りたがっていた理由をバラードは徐々にわかりはじめていた。それが唯一の希望かもしれなかったのだ。

「ほかになにか？」バラードは訊いた。「ソトが殺人事件調書を持っていると思う。データベースに入っていないもので、なにか重要な情報はあるの？」

「たいしたものはない」ボッシュは言った。「キングとカーズウェルは、必要以上の努力をするたぐいの連中じゃなかった。全部報告書に記しているので、殺人事件調書に自分たちの手帳は入れなかった、とカーズウェルはルシアに言ったそうだ」

「オンラインで調書を読んでいたときもそんな感じを受けたな」

「それを言うなら、おれは自分の調べたことに基づいて、第二の殺人事件調書をまとめはじめている」

「見てみたいな」

「おれの車のなかにある。戻ったら持ってこよう。きみが正規の立場を持っている以上、きみも調書を作成したほうがいいだろう」

「わかった。そうする。ありがとう」

ボッシュは上着の内ポケットに手を伸ばし、一枚のシェイク・カードを取りだした。それをテーブルの上に滑らせ、バラードが読めるようにした。

「どけておく価値のあるカードはないと言ってたと思うけど」バラードは言った。

「なかった」ボッシュは言った。「これはそのまえに調べたもののなかで見つけたものだ。読んでみろ」

バラードは読んだ。そのカードは、二〇〇九年二月九日午前三時三十分に書かれたものだった。デイジー・クレイトン殺害の数ヵ月まえだ。職務質問の対象者は、ジョン・マクマレンという名の男で、当時三十六歳、ウェスタン・アヴェニューとフランクリン・アヴェニューの交差点で質問されていた。マクマレンに犯罪記録はなかった。カードによれば、白いフォードのパネル・ヴァンを運転しており、その車には聖書の引用や宗教的箴言（しんげん）が記されており、登録先は、ムーンライト・ミッションなる市に公認された慈善協会だった。

カードには、ヴァンが駐禁地帯に停められ、その間、マクマレンはそばの歩道で歩行者に声をかけ、イエス・キリストの愛によって救われたくはないかと問いかけていた、と記されていた。異を唱えた者は、来る昇天時におまえたちの存在は取り残されるであろうというひどい予言を含む口撃を加えられていた。

カードの裏面には、さらに記入があった――「対象者は、洗礼者ヨハネと自称している。ハリウッドをヴァンに乗って走りまわり、洗礼をほどこす相手を探している」

バラードはそのカードをテーブルに放って、ボッシュのまえに落とした。

「オーケイ」バラードは言った。「これをいまわたしに見せた理由はなに？」

「おれはこの男についてまずちょっと調べたかったんだ」ボッシュは言った。「きみがストリップ・クラブにいるあいだに何本か電話をかけた」

「それで？」

「それで、ムーンライト・ミッションは、まだ存在しており、マクマレンもまだ在籍している」

「ほかになにか？」

「ヴァンだ――いまも登録人はマクマレンであり、いまだに使われているようだ」

「わかった。でも、ヴァンを停車させて職質したカードが二十件ほど分署にあった。なぜそのカードだけ、盗む気になったの？」

「盗んじゃいないさ。きみに見せようとしたんだ。どうしてそれが盗んだことになる？」

「わたしが今夜あなたに持っていかせたその束を除いて、すべてのカードはロス市警に置いていってと言ったでしょ」

「オーケイ、わかった。きみの出動要請のあとで、ひょっとしたらムーンライト・ミッションのそばを車で通りかかり、そこの様子を見てみようということになるかもしれないと思ったので、まえもって目を通しているカードのなかから一枚を持ってきたんだ。それだけだ」

バラードは皿に視線を落とし、フォークで卵を突いた。自分のふるまいを気に入っていなかった。やたら難癖をつけ、ボッシュに対して杓子定規(しゃくしじょうぎ)にふるまっている。

「いいか」ボッシュは言った。「きみのことは知っている。きみが市警で煮え湯を飲まされてきたのを知っている。おれもおなじだ。だが、おれはけっしてパートナーを裏切ったことはない。永年にわたって、おおぜいのパートナーがいたが」

バラードは顔を起こしてボッシュを見た。

「パートナー？」

「この事件に関してだ」ボッシュは言った。「きみは加わりたいと言った。おれはそれを認めた」

「あなたの事件じゃない。ロス市警の事件よ」

「だれであれ捜査に当たっている人間の事件だ」

ボッシュはコーヒーに口をつけたが、その反応からとっくに冷めているのがバラードにはわかった。ボッシュはブースから、ウエイトレスがぶらぶらしている厨房（ちゅうぼう）のほうを向き、マグカップを掲げて、お代わりを求めた。

そののち、バラードに向き直る。

「いいか、きみはこの事件でおれといっしょに働きたがっている。それはけっこうだ。いっしょに働こうじゃないか」ボッシュは言った。「もしそうでないのなら、われわれは別々に調べることになる。そしてその結末はひどいものになるだろう。だが、このくだらない縄張り争いは……だからこそろくな成果が挙がっていないんだ。かの偉大なる男が言ったように、『どうしてわれわれは仲よくやっていけないんだ？』（一九九一年のロス暴動のきっかけになった警官による殴打事件被害者ロドニー・キングの言葉）」

バラードはボッシュに言い返そうとしたが、急にウエイトレスがコーヒーポットを持って現れたので、ふたりのマグカップが満杯にされるまで、口をつぐんでいた。その数秒のあいだにバラードは落ち着きを取り戻し、ボッシュがたったいま言ったことについて考えを巡らした。

「オーケイ」バラードは言った。

ウエイトレスはテーブルに勘定書きを置き、厨房のほうへ立ち去った。

「なにがオーケイなのかな？」ボッシュは言った。「どの道をきみはたどりたい？」

バラードは手を伸ばし、勘定書きをつかんだ。

「ムーンライト・ミッションにいきましょう」バラードは言った。

ふたりがバラードのシティ・カーに乗りこむと、バラードは携帯電話でマンロー警部補に連絡し、仕事に戻ったが、捜査の手がかりを追っているところで、こちらから連絡するまで署を出ている、と伝えた。マンローはどんな事件を調べているのだと訊ね、バラードは、趣味的事件の未解決の細目にすぎないと伝えて、相手の気をはぐらかした。バラードは通話を切り、車を発進させた。

「彼を好きじゃないようだな」ボッシュは言った。

「わたしは、パトロール隊統轄の警部補に報告しなければならないただひとりの刑事なの」バラードは言った。「マンローは実際にはわたしの上司ではないのに、彼は自分が上司だと思いたがっている。だって、ほら、さっきのあれ？　ストリップ・クラブへの呼びだし……わたしの野生の本能に火を点けただけ。あなたがシェイク・カードを盗んだなんて言うべきじゃなかった。謝る」

「それにはおよばない。わかるよ」

「いや、わかっちゃいない。わかりっこない。だけど、そう言ってくれるのは感謝する」

バラードはがらんとしたファーマーズ・マーケットの駐車場から車を出してフェアファックス・アヴェニューに入り、北に向かった。

「洗礼者ヨハネについて話して」バラードは言った。「わたしたちはどこへいき、なぜいくのか？」

「ミッションは、セルマ・アヴェニュー近くのチェロキー・アヴェニューにある——ハリウッド大通りの南だ」ボッシュは言った。「で、洗礼する人間を探しているこの男のなにかが気になった。勘と呼ぶなら呼んでくれ。だが、デイジーは漂白剤で洗われていた。おれは組織宗教に詳しくないが、洗礼を受ける際にイエスの水かなにかに浸されんだろ？」

「わたしもそこには詳しくないな——組織宗教には。わたしはハワイで育ったの。父は波を追いかけていた。それがわたしたち親子の宗教だった」

「サーファーか。きみの母親はどうなんだ？」

「行方不明。洗礼者ヨハネに戻りましょう。どうしてあなたは――」

その質問を終えるまえにバラードはダッシュボードに設置されているモバイル・データコンピュータ端末を見た。回転台に設置されており、分署を出発したときには、画面が運転席のほうを向いていたのをバラードは知っていた。ジェンキンズが休暇をとっているので、今週はずっとパートナー抜きで働いていたからだ。その画面が方向を変えられて、いまはボッシュのほうを向いていた。

「モバイル・データコンピュータを使ったのね？」バラードは非難口調で訊ねた。

「マクマレンを調べるために」

ボッシュは肩をすくめ、バラードはそれを肯定の仕草と受け取った。

「どうやって？」バラードはさらに問い詰めた。「わたしのパスワードを盗んだの？」

「いや、盗んでいない」ボッシュは言った。「まえのパートナーのパスワードを使ったんだ。彼女は毎月最後の二桁しか変更しないんだ。おれはそれを覚えている」

バラードは車を道路脇へ寄せ、ボッシュを放りだす気になったが、市警のデータベースにログインするため、自分も元パートナーのパスワードをこっそり使用したことがあるのを思いだした。その時点で元パートナーは死んでいたというのに。おなじ行動に対してどうしてボッシュを非難できよう？

「それで、なにが見つかった？」バラードは訊いた。

「マクマレンはシロだ」ボッシュは言った。「逮捕歴はない」

ふたりはしばらく黙ったまま車を進めた。バラードはフェアファックス・アヴェニューを北上して、ハリウッド大通りにたどり着くと東へ曲がった。

「洗礼者ヨハネがまだヴァンを持っているのは、幸運のきっかけになるかも」バラードは言った。「もしデイジーがそれに乗ったことがあれば、証拠が残っているかもしれない」

ボッシュはうなずいた。

「まさしくおれもそう考えていた」ボッシュは言った。「幸運のきっかけだ――だが、マクマレンが犯人だった場合に限る」

11

ムーンライト・ミッションは、どうにかして時の荒波を生き延びてきた古くからハリウッドにあるバンガローのなかに所在していた。北に一ブロックのところにあるハリウッド大通りと南に一ブロックのところにあるサンセット大通りに用のある人間に利用されている有料駐車場と、商業ビルに周囲をすっかり囲まれていた。コンクリート製建物のなかで孤児のように建っており、ハリウッドが主にダウンタウン郊外の住宅地域だった時代を思いださせる最後の遺物だった。

バラードはハリウッド大通りからチェロキー・アヴェニューを南下し、セルマ・アヴェニューで左に折れた。二階建てのヴィクトリア様式の建物の正面は、チェロキー・アヴェニューに面していたが、車の入るゲート付きの入り口がその家の裏手にあり、セルマ・アヴェニューに面していた。ゲート越しに白いヴァンがバラードの目に入った。

「あのヴァンがある」バラードは言った。「家のなかに明かりは見えた？」

「二ヵ所見えた」ボッシュは言った。「今夜、あのミッションはあまり活動していないようだな」

バラードは有料無人駐車場に車を入れ、ライトを消したが、エンジンとヒーターはかけたままにした。腕時計を確認する。五時近い。まもなくボッシュは出かけねばならないだろう、とバラードはわかっていた。

「どう思う？」バラードは訊いた。「分署に戻って、あなたが出ていくまえにあと少しカードを調べられるけど」

「もう一度、正面を通ってみよう」ボッシュは言った。「なにを手に入れたのか確かめるんだ」

バラードは車を発進させ、駐車場を出た。今回、まえを通りかかる際、ボッシュの席の側がその建物に近くなり、ボッシュからよく見えるだろう。

バラードが車の速度を緩め、セルマ・アヴェニュー側からその敷地に通りかかると同時にゲートの奥に停まっていたヴァンのライトが灯った。

「出ていこうとしている」ボッシュは昂奮して口をひらいた。

「彼を見た？」バラードが訊く。

「いや、ヘッドライトだけだ。だが、だれかが出ていこうとしている。それがだれで、どこにいこうとしているのか確かめよう」

バラードは交差点を横断し、縁石に車を寄せて停めた。まだセルマ・アヴェニューにいる。シティ・カーのライトを消す。

「たぶんわたしたちに気づいたんだ」バラードは言った。

「そうじゃないかもしれない」ボッシュは言った。

ボッシュは座席に深く沈みこみ、右側に身を寄せた。バラードははるかに小柄だったが、おなじ行動を取り、眠っているかのように左側に体を倒したが、サイドミラーで外をうかがえるようにした。

自動ゲートをヴァンが通り抜け、セルマ・アヴェニューにいる自分たちのほうに方向を変えるのをバラードは見た。

「こっちにやってくる」バラードは言った。

ヴァンは躊躇(ちゅうちょ)することなく刑事車両の横を通り過ぎた。ハイランド・アヴェニューに向かってセルマ・アヴェニューを進んでいく。交差点で停止し、左に曲がった。ヴァンが見えなくなると、バラードはライトを灯し、セルマ・アヴェニューを西に向かった。

ハイランド・アヴェニューにはほとんど車は走っておらず、ヴァンを追跡するのは簡単だったが、目立たないようにするのは難しかった。数ブロックのあいだ、道路に出ているのはヴァンと自分たちの車の二台だけだった。ボッシュとバラードは追跡のあいだ黙っていた。

メルローズ・アヴェニューでヴァンはいきなりUターンをして、ハイランド・アヴェニューを北上してきた。

「気づかれた」バラードは言った。「どうすれば――」

ヴァンが角にあるショッピング・プラザに入ると、バラードは途中で口をつぐんだ。

「このまま数ブロック進んでくれ」ボッシュは言った。「それから右折してメルローズ・アヴェニューに戻るんだ」

バラードはボッシュの指示に従った。メルローズ・アヴェニューとハイランド・アヴェニューの交差点に戻ると、ヴァンが二十四時間営業の〈ヤム・ヤム・ドーナッツ〉の店舗の正面に停まっているのを見つけた。レイトショー担当の署員に人気のある場所だと、バラードは知っていた。

「ドーナッツを買おうとしているだけみたい」バラードは言った。「ミッションに戻るか、ホームレスの野営地で配って、洗礼の対象者を何人か勧誘できるかどうか確かめてみるつもりかも」

「可能性はある」ボッシュは言った。

「ドーナッツを買いにいって、彼の様子を見たい？」

「むしろヴァンのなかを見たいな。あのなかになにを載せているのか見てみたい」

「脅しをかける？」

ボッシュは腕時計を確認した。

「やろう」ボッシュは言った。

戦略を練ってから十分後、ふたりはヴァンを尾行しながらハイランド・アヴェニューを北上した。足首までの長さのあるバスローブのようなものを着た白人男性がドーナッツ十二個入りの箱をふたつ持って〈ヤム・ヤム〉から出てくると、ヴァンの運転席にヒョイッと乗ったのをふたりは目撃していた。サンセット大通りを横切ると、バラードは、刑事車両のグリル・ライトを点灯し、レーンをまたぐようにして、ヴァンの運転者にサイドミラーでこちらがわかるようにした。バラードが相手に合図をすると、ヴァンの運転者は指示に従い、ハイランド・アヴェニューとセルマ・アヴェニューの交差点の縁石に車を寄せて停まった。

バラードとボッシュはふたり同時に車を降り、ヴァンの両側から接近した。バラードは運転席側のドアに近づきながら、上着をはね上げて、ホルスターに入れた銃に手をかけていた。バラードがヴァンにたどり着くと、車窓が下がった。バラードはその車窓のすぐ下のドアにヨハネ福音書三章十六節と書かれているのに気づいた。マクマレンは聖書のなにかの節にちなんで名乗っているのだろう、とバラードは推測した。

「おはようございます」バラードは言った。「きょうの調子はいかがですか？」

「あー、良好ですよ」相手は言った。「なにか問題でも、お巡りさん？」

「実際には刑事です。身分を証明する書類をお持ちですか？」

男はすでに運転免許証を手にしていた。バラードはそれを確認し、ＩＤとステアリングホイールをまえにした男とを交互に見ながら、すばやい動きを警戒していた。マクマレンは、ひげを生やし、長髪で、免許証の写真が撮影されたときよりも白髪がまじっていた。

免許証の生年月日によると、彼は四十五歳だった。住所はムーンライト・ミッションのバンガローと一致していた。バラードは免許証を返した。

「こんなに朝早くに外に出ているのは、どうしてですか？」バラードは訊いた。

「うちの信者のためにドーナッツを買いにきたんです」マクマレンは言った。「どうして停止を命じたんです？」

「おかしな運転をしているヴァンがあるという通報を受けたんです。酔っ払い運転を疑われている車が。あなたは酒を飲んでいますか？」

「いや。酒は飲みません。アルコールは悪魔の所業の産物です」

「それを確認するため、ヴァンから降りてくれませんか？」

マクマレンは助手席側の窓からボッシュが自分をじっと見ているのに気づいた。首をひねり、交互にボッシュとバラードを見た。

「飲んでないと言ったでしょ」マクマレンは抗議した。「二十一年間、一滴も飲んでません」

「では、素面（しらふ）であることを証明して見せるのはとても簡単なはずです」バラードは言った。

マクマレンはステアリングホイールを握り締めていた。拳の関節が白くなるほど強く握っているのが、バラードにはわかった。

「わかりました」マクマレンは言った。「ですが、時間の無駄ですよ」

マクマレンは手を見えないところに下ろし、バラードは銃を握って、いつでも抜けるようにした。ボッシュがすばやく首を左右に振り、万事問題ない、と伝えているのが目に入った。するとマクマレンのシートベルトが外される音が聞こえた。マクマレンはドアをあけ、外に降りると、ドアを叩き閉めた。彼はサンダルと白いチュニック姿で、宣教師にふさわしい格好をしていた。チュニックは腰のところで、糸を撚って作った紐で結ばれていた。その上に足首までの長さがあるえび茶色のローブをまとっていた。袖口には黄色の房飾りがついている。

「ヴァンのなかにはほかにだれかいますか？」バラードは訊いた。

「いません」マクマレンは言った。「いるはずがないでしょ？」

「警察官の安全を確認するためです。わたしのパートナーが確認します。それはかまいませんね？」

「お好きなように。サイドドアのロックは壊れてます。自由にあけられます」

「わかりました。車の後方へ退いて下さい。そのほうが安全です」

バラードはボッシュにうなずいた。ボッシュはヴァンの正面に立っていた。バラードはマクマレンを車の後方へ移動させ、現場でおこなう昔ながらの酩酊検査を受けさせた。まず、歩いて方向転換する検査からはじめた。マクマレンがまっすぐ歩いて自分から遠ざかるあいだ、振り返ることができるようにだ。バラードはボッシュが後方のサイドドアからヴァンを覗きこんでいるのを見た。どこもおかしなところはなさそうだった。

マクマレンは問題なくその検査を通過した。

「言ったでしょ」マクマレンは言った。

「ええ、おっしゃいましたね」バラードは言った。「今度は、わたしのほうを向いて、右脚を持ち上げ、そのままにして、左脚だけで立って下さい。わかりますね？　片脚で立ったまま、十まで数えて下さい」

「お安いご用だ」

マクマレンは片脚を上げ、バラードをじっと見た。

「あなたの信者というのは何者なんです？」バラードは訊いた。

「どういう意味です？」マクマレンは言った。

「いま、自分の信者のためにドーナッツを買ったと言いましたね」

「ムーンライト・ミッション。信徒がいるんです」

「じゃあ、あなたは伝道師なんだ。脚を下ろしていいですよ」

「その手のたぐいです。人々を神の御言葉(みことば)に導こうとしているだけです」

「で、信徒のみなさんは意欲的に進もうとしているんですか？　左脚を上げ、そのままにして下さい」

「もちろんそうです。あるいは、出ていくこともできます。わたしはだれにもなにも強制していません」

「あなたは人々に寝るところを提供しているのですか、それともたんなる祈禱をおこなっている？」

「うちには寝るところがあります。みなさん一時的に滞在できます。いったん御言葉を見出せば、彼らはストリートを離れ、自分たちの人生を有意義に使いたいと思うのです。われわれはおおぜいを救ってきました。おおぜいに洗礼を施してきました」

マクマレンが話していると、バラードはボッシュがヴァンのドアをスライドさせて閉めるのを耳にした。ボッシュの足音がバラードの背後に近づいた。

「若い女性はどうなんだ？」ボッシュがバラードの肩越しに訊ねた。「彼女たちもあんたの信徒の一部か？」

マクマレンは片脚を地面に下ろした。

「これはなんです？」マクマレンは言った。「なぜわたしの車を停止させたんです？」

「なぜなら、われわれは昨夜失踪した女の子を捜しているからです」バラードは言った。「目撃者の話では、その女の子はヴァンに引きずりこまれたそうです」

「わたしのヴァンじゃない」マクマレンは言った。「ゲートの奥で、一晩じゅう停まっていた。見ただろ。なかになにもない」

「いまはね」ボッシュは言った。

「なにを言うんだ！」マクマレンは言い返した。「ミッションのよきおこないをよくも非難できるものだ！　わたしは魂を救う事業に携わっているのであって、彼らを奪うことに携わってはいない。わたしは二十年間、このあたりの通りを行き来しているが、不適切な行為でわたしを咎めた人間などひとりもいない。いっさいない！」

しゃべりながらマクマレンの目に涙が込み上げてきて、声が強ばり、甲高くなった。

「わかりました、わかりました」バラードは言った。「ご理解いただきたいのですが、われわれはこうした質問をしなければならないのです。若い女性が姿を消したなら、われわれはやる必要があることをやらねばなりませんし、ときには人を不快にさせることもあります。もういってもらってかまいません、マクマレンさん。ご協力ありがとうございます」

「あなたたちの名前を知りたい」マクマレンは要求した。

バラードはボッシュを見た。ふたりはマクマレンに停止を命じたとき、意図的に名乗らなかった。

「バラードとボッシュです」バラードは言った。

「覚えておきます」マクマレンは言った。

「どうぞ」ボッシュは言った。

マクマレンはバラードとボッシュが見守るなか、ヴァンに戻った。エンジンを吹かし、鋭く曲がってセルマ・アヴェニューに入っていった。

「なにが見えた？」バラードが訊いた。

「ベンチシートが二本、それ以外はほぼなにもない」ボッシュは言った。「何枚か写真を撮ったので、車に戻ったら見せよう」

「漂白剤で一杯になっている洗礼盤はなかったということ？」バラードが訊く。

「まだなかったな」

「で、どう思う？」

「怪しいところはなにもない。依然として関心は抱いている。きみはどう思う？」

「どこか変なところがある気がするけど、わからないな。あの男が苦情を申し立てるかどうか確かめたい気がする」

「もし犯人なら、苦情は申し立てない。追跡調査をされたくないからだ」

ふたりはバラードの車に歩いて戻り、乗りこんだ。バラードは黙ったまま車を縁石から発進させた。ボッシュとの合同捜査は、キャリアを危うくさせるミスではないだろうか、という気がしてならなかった。

BOSCH

12

捜索チームは〈パコイマ・タイヤ&マフラー〉の外で、現オーナーが営業を開始するため店を開けるのを待っていた。オーナーが自分を迎えた警察の存在に驚いたというのは、控えめな言い方だろう。車庫の扉を持ち上げたあと、彼は目のまえに集まっている車両を見て、両腕を高く掲げたまま、目を見開いた。ボッシュが車から降りた最初の人間であり、オーナーのそばにいった最初の人間だった。

「カーディナルさん?」ボッシュは言った。「両手を下ろして下さい。わたしはサンフェルナンド市警のボッシュ刑事です。この敷地内のものに対する捜索令状を持参しました」

「なんだって?」カーディナルは言った。「なんの話だ?」

ボッシュは令状を相手に手渡した。

「捜索令状です」ボッシュは言った。「判事の署名済みの。これにより、われわれは、ある犯罪に関係する特定の証拠の捜索を認められました」

「なんの犯罪だ？」カーディナルは訊いた。「おれは健全な商売をおこなっている。以前にここにいた人間とは違うんだ」

「それはわかっています。犯罪はここの商売のまえのオーナーに関係しておりますが、それでも捜索する必要があるんです。証拠がまだ存在しているかもしれないとわれわれが信じているからです」

「あんたがなんの話をしているのか、まだわからん。ここでは犯罪なんぞ起こっておらん」

しばらくやりとりをしてどうにかカーディナルになにが起こっているのか理解させられたようだった。カーディナルは中年太りで、白髪頭が薄くなりかけている五十がらみの男だった。前腕にぼやけた青いタトゥを入れており、ボッシュには昔の軍の記章に思えた。

「この商売を引き継いだのはどれくらいまえです？」ボッシュは訊いた。

「八年まえだ」カーディナルは答えた。「現金で買ったんだ。ローンなし。おれが苦労して稼いだ金でだ」

「ここを購入した際、内部に手を加えましたか？」

「かなり手を加えた。新しい工具を片っ端から運びこんだんだ。現代化した。古いボロ道具は一掃した」

「建物の構造についてはどうです？　なにか変えました？」

「綺麗にしたな。補修と塗装といった、通常の手入れだ。内も外も」

ボッシュは建物をじっと見た。標準的なブロック積みの建造物だった。表側は堅牢だ。

「なにを補修したんです？」

「壁の穴や割れた窓だ。自分がやったことを全部思いだすのは無理だよ」

「銃弾であいた穴を覚えていますか？」

それを聞いてカーディナルは黙った。店を引き継いだときのことを思いだしながら、カーディナルの視線はボッシュから離れて泳いだ。

「ここでだれかが撃たれたと言っているのかい？」カーディナルは訊いた。

「いえ、全然」ボッシュは答えた。「われわれは壁に撃ちこまれた銃弾を探しているんです」

カーディナルはうなずき、ホッとした様子だった。

「ああ、銃弾であいた穴があった」カーディナルは言った。「つまり、銃弾の穴のようだった。おれが埋めて塗装し直したよ」

「どこなのか教えて下さいますか？」ボッシュは訊いた。

カーディナルはガレージに入り、ボッシュがそのあとを追い、ルルデスとルゾーンについてくるよう合図した。店主は一行を最初の整備区画の奥へ案内した。

「ここだ」カーディナルは言った。「この壁に銃弾でできたような穴があった。当時、そう思ったのを覚えている。全部埋めたよ」

カーディナルは工具と管曲げバイスで覆われた作業台のうしろを指さした。その場所は、証人のマーティン・ペレスから聞いた説明と合致していた。

「オーケイ」ボッシュは言った。「この作業台と工具類をここから動かさねばなりません。壁に穴をあける必要があります」

「で、だれが埋め直してくれるんだ？」カーディナルが訊いた。

「市の職員をここに連れてきていますので、必要な修復をおこないます。きょうの終わりまでに塗り直して、正常な状態に戻すのは約束できませんが、最終的には直します」

カーディナルは眉間に皺を寄せた。その約束にあまり期待していないようだった。

ボッシュはルルデスのほうを向いた。

「市の職員をここに呼んでくれ。まず、ここを片づけ、金属探知機を持ってくるように」ボッシュは言った。「はやく動こう。近所に気づかれないうちにここを出ていけるかもしれない」

「手遅れね」ルルデスが言った。

ルルデスはボッシュに合図して、内緒話をしようとした。

「問題がある」ルルデスは声を潜めて言った。「ロス市警連中が言うには、トランキロ・コルテスが通りの向かいにいるそうよ」

「冗談だろ？」ボッシュは言った。「どうやってこんなに早く知ったんだ？」

「いい質問ね。コルテスは何人かの部下といっしょにあそこにいる」

「おいおい」

ボッシュはすばやくガレージから出た。ルルデスがあとについてくる。通りの向かいには、正面に小さな駐車場のあるランドリー（ラバンデリア）があった。その店はまだあいていなかったが、駐車場に一台の車が停まっていた。古いクラシックなリンカーン・コンチネンタルで、パールホワイトの塗装がほどこされ、ヒンジがうしろについているスーサイドドアになっていた。シャコタンにしすぎて、スピードバンプをかろうじて越えられるくらいだ。三人の男が腕組みをしながらリンカーンの側面に寄りかかっていた。

タトゥで埋まっている前腕が全開になっている。中央にいる男は平たいつばのドジャースのキャップをかぶり、太ももまで届く丈の長い白のTシャツを着ていた。男は三人のなかでもっとも小柄だったが、自分がリーダーであることを示していた。ボッシュはサンフェルナンド市警のギャング情報班のオフィスにあるサンフェル団の組織図で見た写真で、男に見覚えがあった。トランキロ・コルテスだ。

躊躇なくボッシュは通りを横断した。

「ハリー、なにをするつもり？」ルルデスが背後から小声で訊いた。

「あいつに二、三、質問をするだけだ」ボッシュは答えた。

ランドリーの駐車場にふたりが入ると、コルテスだけが寄りかかっていた車から反動をつけて体を起こし、ボッシュを迎えようと堂々と立った。

「お巡りさん、きょうの気分はどうだい？」コルテスは言った。

ボッシュは返事をしなかった。まっすぐコルテスに歩いていき、自分より背の低い男の顔にのしかかるように体を倒した。コルテスが両耳にダイヤモンドのイヤリングをつけ、左目の目尻の外に青い色の涙を二個、タトゥで入れているのにボッシュは気づいた。

「コルテス、きみはここでなにをしてるんだ？」ボッシュは訊いた。

「ランドリーがあくのを待ってる」コルテスは言った。「ほら、自分の服を洗濯するんだ。タイドの洗剤で白シャツがどれくらい白くなるのか確かめてみるつもりだ」

コルテスは自分のTシャツをつまみ、鏡を見ているかのように着心地を調整した。

「われわれがここに来るとだれに言われた？」ボッシュは言った。

「ふーむ、それはいい質問だな」コルテスは答えた。「はっきりとは覚えていない。ここに来いとあんたはだれに言われた？」

ボッシュは答えなかった。コルテスはキャップを浅く被っていた。頭のサイドを剃り上げており、右耳の上に〝VSF〟、左耳の上に〝13〟のタトゥを入れていた。コルテスは笑みを浮かべ、黒い目が細くスリット状になった。

「ここから出て失せろ」ボッシュは命じた。

「もしおれがそうしなかったら逮捕するのか？」コルテスは楯突いた。

「ああ、捜査妨害で逮捕してやる。それから、どうなるだろうな、ひょっとしたら署内でミスが起こり、パコイマ・フラッツ団の檻におまえを入れてしまうかもしれない。そのあとどうなるか、見てみたいものだ」

コルテスはまたしても笑みを浮かべた。

「そいつはおもしろい」コルテスは言った。「おれにとってはな。連中にとってはそうじゃない」

ボッシュは手を伸ばし、コルテスのドジャース・キャップのつばをはたき、頭から飛ばして地面に落とした。一瞬、暗い怒りがギャングの目に浮かんだ。だが、それはすぐに消え、コルテスは型通りのニヤニヤ笑いに戻った。部下たちに目配せし、うなずく。彼らは車を押して離れ、ひとりがコルテスのためにリンカーンの後部座席ドアをあけ、もうひとりが落ちた帽子を拾い上げた。

「んじゃ、またな、お友だち」コルテスは言った。

ボッシュは反応しなかった。リンカーンが駐車場を出て、サンフェルナンド・ロードを南下していくまでボッシュとルルデスはその場に立っていた。

「ハリー、なぜキャップをあんな風にはたいたの？」ルルデスは訊いた。

ボッシュはその質問を無視し、自分自身の質問で返した。

「どうやってあいつはこの件を知ったんだ？」ボッシュは訊いた。

「ローゼンバーグ巡査部長がきのう言ったように」ルルデスは答える。「連中はいたるところに監視の目を置いている」

ボッシュは首を横に振った。ガレージでの警察の動きをたまたま目撃した人間から連絡をもらってコルテスが姿を現したとは思っていなかった。

「いますぐここから引き上げたほうがよさそうだ」ボッシュは言った。

「ハリー、なにを言ってるの？」ルルデスが反論する。「みんなここにいて、壁を外す用意をしているのよ」

「コルテスはご満悦の様子だった。それでなければなぜここに姿を現す？　壁に銃弾も薬莢もないのを知っているにちがいない」

「どうかな。それは拡大解釈みたいに思える。あいつはそこまで賢くない」

「どうだろう？　まあ、すぐにわかるか」

ふたりで通りをふたたび横断して、自動車整備店に戻ると、ボッシュはロス市警フットヒル分署から来たトム・ヤーロに呼び止められた。この捜索がロス市警の管轄地域でおこなわれていることから、市警を代表する形で捜索に立ち会っていた。ヤーロはこういう機会に合わせてドレスダウンしていた。ブルージーンズと黒いゴルフシャツという格好だ。真っ黒な髪の毛は自然なものに見えず、肩にたっぷりフケが積もっていた。この作戦行動のお守り役でしかなく、その事実に気分を害しているようだった。まるでロス市警が規模の小さなサンフェルナンド市警ごときの後塵を拝するべきじゃないと思っているかのように。ヤーロは事件の詳細をろくに知らされていなかったが、トランキロ・コルテスが何者か知っており、そのギャングが通りの向こうに姿を現したことで警鐘が鳴らされた。いまやなにが起こっているのかヤーロは知りたがっていた。ボッシュは簡略化したバージョンを伝えた。

「われわれの容疑者がなんらかの方法で捜索のことを嗅ぎつけて、監視するため、早起きしたんだ」ボッシュは言った。

「そりゃまずいな」ヤーロは言った。「そっちで情報漏れがあったように聞こえるぞ」

「もしそうなら、おれが見つけてやる」

ボッシュはヤーロのかたわらを通り過ぎると、ガレージに入った。通常は水道本管を見つけるのに利用されている金属探知機が、奥の壁の上を動かされているのをボッシュは見守った。化粧ボードを間柱に固定するのに用いられているネジが線状に並んでいるのを簡単に見つけたが、それ以外の警報は鳴らなかった。クリストバル・ベガの頭に撃ちこまれた銃弾は、三八口径メタルジャケット弾だった。おなじ銃弾は、化粧ボードのネジ釘と同様に容易に感知できるはずだったのだが。

銃弾捜索は徒労に終わるという感触を得ているにもかかわらず、ボッシュは捜索令状の執行を最後までやり通すことに決め、市の職員に化粧ボードを切り取り、壁を壊すようにと伝えた。コルテスがずいぶんまえに壁から銃弾をほじくり取っていたかもしれないが、化粧ボードの内部には、銃弾が突っ切り、最終的に壁が修復された痕跡が残っているだろうと、推察した。少なくともペレスの話を裏付ける弱い証拠になるだろう。この事件を訴追に近づける動きになる可能性は低かったが、証拠であることに変わりはなかった。

市の作業員たちは、間柱と間柱のあいだの化粧ボードを天井から床までの長さで切り抜いた。それぞれ幅四十センチの切り抜きの内側表面が刑事たちによって、銃弾侵入の痕跡がないか調べられた。

三枚目の切り抜きに探していたものが見つかった。二ヵ所に穴があいているのが明白だった——ペレスの話と一致していた。小さな銃弾サイズの穴で、そこから以前に銃弾を抜き取ろうとした痕跡はいっさい見当たらなかった。コルテスがあざ笑うために通りの向こうに姿を現した理由についてのボッシュの説とこれは矛盾していた。壁に銃弾がないことを知っているより、なにかほかのことで自信を得て、姿を現したのだ。

ふたつの銃弾の痕は、化粧ボード上で十センチ離れていた。ペレスが証言したようにおなじときに試射したものだったことを示していた。化粧ボードを貫通した穴の先の未塗装のブロックには、衝撃があった痕跡は残っていたものの、銃弾はなかった。小さ捜索チームは、ロサンジェルス郡保安官事務所から鑑識技師を借りだしていた。

なサンフェルナンド市警は、科学捜査関係の仕事すべてをおこなってもらうべく、保安官事務所と契約を結んでいた。化粧ボードとブロック壁のあいだのツー・バイ・フォーの枠組みが作るスペースの底に溜まったネズミの糞や髪の毛やほかのゴミを念入りに調べるのが鑑識技師の仕事だった。技師の名前はハーモンで、壁の内側に積もった厚さ十五センチのゴミを金属製のピックで探り、すべてを店の床に並べた。

ボッシュはハーモンの努力を携帯電話で記録した。ある時点で、ボッシュは、トランキロ・コルテスに対する証拠を見つけた際に自分が取った行動を段階を追って陪審に提示しなければならないかもしれない、とわかった。

「ひとつ見つけた」ハーモンが言った。

彼は金属製ピックを使って、ゴミの山から一個の銃弾をはじきだして、コンクリートの床に転がした。ボッシュは身をかがめた。録画するため、携帯電話を手にしたままでいた。銃弾を見て、事件に対するあらたな希望はまたしても挫けた。発射体は金属の外皮が裂け、壁のなかのブロックに当たった衝撃でひしゃげていた。専門家の意見を待つつもりだったが、ボッシュは数多くの事件に遭遇してきた結果、この銃弾は損傷がひどく、クリストバル・ベガを殺害した銃弾と比較するよう考慮はされないだろう、とわかった。

を見た。

「それから、もう一個あった」ハーモンが言った。技師は手袋をした手で二番目の銃弾をつまんで掲げた。ボッシュの目は急いでそれを見た。

だが、今回の銃弾はさらに悪い形状をしていた。目にしているのは銃弾の半分ほどの大きさのものだった。

「もっとあるだろうな」ボッシュは言った。ハーモンほどの技倆(ぎりょう)を持つ人間なら、すでにそれがわかっているとはいえ。

「まだ探している」ハーモンは言った。

電話がかかってきて自分の携帯電話が振動するのをボッシュは感じたが、ハーモンの捜索の撮影をつづけられるよう、留守録機能に任せた。

やがてハーモンは第二の銃弾の残りを発見した。そちらもほかのと同様、ひどい形状をしていた。そののち、証拠採取の手続きを順に追っていった。顔を上げてボッシュを見ずにハーモンは言った。

「刑事、あなたは多くの経験をお持ちのようだ」ハーモンは言った。「たぶんこれからぼくが言うことをわかっているでしょ」

「よくない、か?」ボッシュは言った。

「顕微鏡で比較できる状態ではありません」ハーモンは言った。「銃弾の製造メーカーが一致するかどうかを判定できるでしょうし、合金比率の比較をするには充分材料があります。でも、どうなるかご存知のはず」

「わかった」

銃弾の含有物は、ベガを殺害した銃弾との比較に利用でき、この銃弾がおなじメーカーのものであるという結論を導き、証人の話にある程度の信憑性を与えはするが、銃弾を発射した銃によって残された条痕ほど決定的なものには遠く及ばないだろう。銃弾がおなじ窯でできたものだと言うのと、おなじ銃から発射されたものだと言うのとの違いだった。その違いは、合理的な疑いを超えるものにはならなかった。

ボッシュはその場に立ったまま、事件が遠ざかっていくのを見ていた。

「どちらにせよ合金試験をやりたい」ボッシュは言った。

それは最後の一か八かの試みだった。

「上司に話してみます」ハーモンは言った。「やってみる価値はあると伝えます。結論が出たら、ご連絡します」

あとで連絡すると言われたときは、予測不可能だとボッシュはわかっていた。合金試験は金と時間がかかる。サンフェルナンド市警は保安官事務所のラボで順番の最後にまわされるのがつねだ。どんな種類の特別作業も、できるときがあればやるリストに載るのだ。

ボッシュは壁のところにいるグループから退き、これはどうにもならないという目つきでルルデスを見た。公共事業部の作業員のリーダーに話しかける。

「オーケイ、ここを元に戻す必要がある」ボッシュは言った。「銃弾の穴を見つけた壁の部分は取っておきたい。だから、その代わりのもので塞いでほしい」

作業員のひとりが不平を漏らしながらも承諾し、彼らは工具と、古い化粧ボードの代わりにする新しいボードを取りに自分たちのトラックへ向かった。

ルルデスはボッシュと話をしようと近づいた。

「じゃあ、結局、壁に銃弾があったのなら、コルテスがしたり顔をしていたのはなにについてなの？」ルルデスが訊いた。

「わからん」ボッシュは言った。「あいつはなにか知っていたが、銃弾が役に立たないものだろうと知っていたかは疑わしい」

ルルデスは首を振り、市の作業員たちが新しい化粧ボードの大きなシートを持って、ガレージに戻ってくると、脇へどいた。

ボッシュの携帯電話がまた振動をはじめた。ボッシュはポケットからそれを取りだしながら、ガレージを出た。発信者は不明だったが、とにかく電話に出た。

「ボッシュだ」

「ハリー・ボッシュか？」

「そのとおり、そっちはだれだ？」

「保安官事務所殺人課のテッド・ラナークだ。ちょっといいか？」

「なにがあった？」

「マーティン・ペレスという名の人間について、なにを教えてくれる？」

一瞬にしてボッシュはコルテスがこの世を思いのままにしているようにふるまっていた理由を悟った。

「彼はおれがいま調べているギャング殺人事件のちょっとした証人だ。彼がそちらとどんな関係があるんだ？」

「ペレスは死んだ。おれはだれが彼を殺したのか突き止めねばならない」

ボッシュは目をつむった。

「どこで？」

「ガイシャのアパートで」ラナークは言った。「何者かが後頭部に一発撃ちこんだ」

ボッシュは目をあけ、あたりを見まわしてルルデスを探した。

「ボッシュ、どうやっておれがあんたの携帯番号にかけているのか不思議じゃないか？」ラナークは訊いた。

「ああ」ボッシュは答えた。「どうやって？」

「携帯番号を手書きされたあんたの名刺がガイシャの口のなかにあった。メッセージかなにかのように」

ボッシュはその事実を長いこと考えてから、返事をした。

「そっちへいく」

「ここで待ってるぜ」

13

まるで家主のため、その部屋を清掃し、ふたたび貸しだしやすくしてやりたいと殺害犯が思っていたかのようだった。マーティン・ペレスは、黄色くなったタイルとガラスの引き戸の付いたウォークイン・シャワー・ブースにひざまずかせられていた。その姿勢で後頭部を一発撃たれていた。ペレスは前方、右寄りに倒れた。飛び散った血と脳は、そのブース内に留まり、一部は都合よく排水口に流れ落ちた。

鑑識チームは、ペレスの二本の前歯のあいだにはさまれていた名刺をまだ取り除いておらず、口から名刺が突きでている様子から、容易にその意図を読み取れた。

凶器が三八口径でないのは、ボッシュには明白だった。ここで使われた銃弾は、被害者の頭蓋骨を貫通し、爆発的に外に飛びだしていたからだ。ボッシュは、ペレスがまえにしていた壁のタイルだけでなく、排水口近くの床のタイルも欠けているのを目にした。

「弾は見つかったか？」ボッシュは訊いた。

それは事件現場を五分間吟味したのちボッシュが最初に発した質問だった。ボッシュはルルデスとともにアルハンブラまで車でやってきた。保安官事務所の捜査官ラナークと彼のパートナーであるボイスが、マーティン・ペレス殺害捜査の概要説明をしてから、ふたりを事件現場であるバスルームへ案内した。その時点で異なる捜査機関間の協力は最大限のものだった。

「ない」ラナークは言った。「だが、ガイシャを動かしていないんだ。腹に当たっている可能性があるとわれわれは考えている。頭を貫通し、目のまえの壁に下向きにぶつかり、床に跳ね返ってから、ガイシャが倒れるまえに体に当たった。あらたな意味合いの二連発射撃（ダブルタップ）ってか？」

「そうだな」ボッシュは言った。

「もういいか？　ここから出て、外で少し話をしようじゃないか？」

「いいとも」

彼らは二階建てのアパートの中央にある中庭に出た。ボイスが話に加わった。捜査官の二人はベテランで穏やかな態度で、たえず動きを止めず観察する目をもっていた。ラナークは黒人でボイスは白人だった。

ボッシュは相手に先んじて質問をはじめた。

「死亡時刻は推定できたのか？」ボッシュは訊いた。

「このすてきな住居の別の住民が、けさ五時ごろ、人の声を聞き、そのあとくぐもった銃声を聞いている」ラナークは言った。「そのあと、さらに複数の叫び声と、通りを駆けていく音をその女性住民は耳にした。少なくともふたりいた」

「発砲のあと、叫んでいるふたつの声があったということか？」ボッシュは訊いた。

「ああ、発砲のあとでだ」ボイスが答えた。「だが、いまはあんたがわれわれに質問するときじゃない。まだこっちがあんたに訊いてるんだ」

「わかった」ボッシュは言った。「訊いてくれ」

「第一の質問」ボイスは言った。「もし被害者が事件のなんらかの証人だったとしたら、なぜ保護されていなかったんだ？」

「彼の身の安全は保たれているとこちらは考えていた」ボッシュは言った。「自分の身の安全は確保されていると彼は思っていた。縄張りから離れていたし、ギャングを抜けてから十年以上経っていた。だれも自分の居場所を知らないと彼は言い、物理的な保護や転居を断った。報告書あるいは捜索令状の申請では、彼の本名を使っていない」

「それに加えて、彼がもたらした情報を詳しく調べていない段階であり、なんら確証を得ていない」ルルデスが言った。「そのためにけさわれわれが捜索をおこなっていたんです」

ラナークはうなずき、ルルデスからボッシュに視線を移した。

「名刺を渡したのはいつだ?」ラナークは訊いた。

「最初の聞き取り調査の終わりに」ボッシュは言った。「正確な日付は、調べないとわからない——およそ四週間まえだ」

「元の住まい周辺にいただれとも付き合いはない、と言ってたのか?」ラナークは訊いた。

「そのように本人はおれに話した」ボッシュは答えた。「うちのギャング情報班の人間によってそれは確認されている」

「で、今回の件で、あんたの勘はどう言ってる?」ボイスが訊いた。

「おれの勘?」ボッシュは言った。「おれの勘では、われわれのところで情報漏れがあった。こちら側のだれかが今回の捜索についてあちら側のだれかに話をしたんだ。あのガレージの壁でなにが見つかるか知っている人間にそれが伝わり、そいつは点と点をつなげることができる証人を消した」

「で、そいつというのがトランキロ・コルテスなんだな？」ボイスは言った。

「コルテスのため働いているだれかだ」ボッシュは言った。

「コルテスは、いまや組織の幹部なの」ルルデスは言った。「ギャング団のトップにいる」

保安官事務所の人間はおたがいを見て、うなずいた。

「オーライ」ラナークは言った。「こんなところだろう。われわれはここを片づける。すぐに連絡を取り合うことになるはずだ」

中央の中庭を出て、ゲート付きの出入り口に向かう途中、ボッシュは血痕を探して、コンクリートの上に目を走らせた。なにも見当たらず、ほどなくして、ルルデスに割り当てられているシティ・カーの助手席に座った。

「で、どう思う？」車を縁石から発進させながらルルデスは訊いた。「わたしたちがドジったの？」

「わからん」ボッシュは言った。「そうかもしれない。結局、ペレスは保護を拒んだんだ」

「だれかがサンフェルル団にリークしたとほんとに思ってる？」

「それについてもわからん。キッチリ調べるつもりだ。もしリークがあれば、それを見つける。マーティンが間違ったことを間違った相手にしゃべったのかもしれない。どうして起こったのか、けっしてわからないかもしれない」

ボッシュは捜索令状に署名した判事について考えた。宣誓供述書に出てくる匿名の情報源について、判事はボッシュにいくつか質問したが、万全を期すための質問でしかないように思えたし、本名を明かすようはっきり求めることはいっさいなかった。ランドリー判事は、少なくとも二十年間、法壇に就いており、父親が死ぬまで三十年間占有していた上級裁判所の席をみずからのものとした第二世代の法律家だった。令状のなかの情報や判事室で話し合った内容がなんらかの方法でトランキロ・コルテスあるいはサンフェル団のだれかに伝わることはありえないように思えた。意図的なものであれ、そうでないものであれ、リークは、どこかほかで発生したはずだった。ボッシュは捜索に立ち会う任務を受けたロス市警のギャング担当刑事、ヤーロについて考えはじめた。ギャング担当の刑事たちはみな、ギャング内部に情報源を持っている。ギャングからの情報が安定して流れこむことが、不可欠であり、ときには情報交換の形で取り引きされねばならなかった。

ルルデスは、サンフェルナンドへ戻れるよう、渋滞に苦労しながらフリーウェイ10

号線を西へ向かって北上していた。

「歩いて出てくる際になにかを探していたようだけど」ルルデスは言った。「なにかとくに探していたの？」

「ああ」ボッシュは言った。「血だ」

「血？　だれの血？」

「銃撃犯のだ。シャワー・ブースで跳弾角度を計算してみなかったか？」

「いえ、あなたたち男性がバスルームにひしめきあっていたので、わたしはなかに入れなかった。うしろに立っていた。銃撃犯が自分の跳弾を受けたと思っているの？」

「その可能性はある。発砲のあと証人が聞いた叫び声を説明できるかもしれない。保安官補たちはペレスに当たったと考えていたが、角度からおれには正しいとは思えなかった。銃弾は低く跳ね返り、ペレスの脚のあいだを通って、銃撃犯に当たったと思う。ひょっとしたら脚に」

「それはうまい具合になりそうね」

「連中もあの死体を転がし次第知るだろうが、この件で連中に先行するチャンスかもしれない。きみの親戚のJ・ロッドは、サンフェル団が最近、けがの治療にだれを使っているのか知ってるんじゃないか？」

「訊いてみる」

ルルデスは携帯電話を取りだし、いとこのホセ・ロドリゲスに連絡した。ロドリゲスはサンフェルナンド市警の地元ギャング情報の専門家だった。法律で、どの緊急救命室および正規の外科医も、銃創が関わっている場合の症例すべてを当局に報告しなければならないことになっていた。たとえその負傷が偶発的なものだと負傷者が主張したとしても。これはつまり、犯罪組織はいつでも呼びだせるもぐりの医者を抱えているという意味だった。夜昼関係なくいつでも医学的修復作業をやってくれて、そのあと口をつぐんでくれる人間を。もしマーティン・ペレスの殺し屋が跳弾を食らっていたなら、彼と仲間は医療処置を求めてみずからの縄張りに戻った可能性が高かった。サンフェルナンド団の縄張りは、北部のヴァレー地区の広い範囲であり、負傷した人間が向かえる闇医者や闇クリニックには不自由しなかった。ボッシュは、J・ロッドが自分たちを正しい方向に向かわせてくれるものと期待した。

ルルデスが携帯電話でいとことスペイン語で話しているあいだ、ボッシュはラナークからの連絡を受けてから脳裏に引っかかっていた疑問をはじめて検討した。自分がマーティン・ペレスを殺させてしまったのだろうか？　どの警官にも不要な、あるいは望まぬたぐいの重しであり、どの事件を担当しても付きまとうリスクだった。質問をするのは危険なものになりうる。人を殺させうる。ボッシュが靴屋の裏で近づき、火を貸してくれと頼んだとき、ペレスは何年もまえにギャング団を抜け、職を得て、社会の有意義な構成員になった。しかるべき予防措置を講じていたとボッシュは信じていたが、つねに変数があり、潜在的リスクがあった。ペレスは自発的にトランキロ・コルテスを指さしたわけではなかった。ボッシュが古くさい警察の戦術を用い、脅してその情報を絞り取ったのだ。ボッシュの疚しさの原因は、その判断から来た。

ルルデスは電話を終え、内容をボッシュに伝えた。

「リストをまとめてみるって」ルルデスは言った。「どれだけ最新のものになるかわからないけど、サンフェル団やエメにとって、いざというとき頼りにしてきた医者のリストになるそうよ」

「いつそのリストは手に入る？」ボッシュは訊いた。

「分署に戻るころにはできあがっているようにするって言ってた」

「わかった、ありがたい」

ふたりはしばらく黙って車に乗っていた。ボッシュはマーティン・ペレスを絞り上げた自分の判断についてまた考えつづけた。その判断を再検討した結果、それでも自分はおなじことをやるだろうという結論になった。

「この件の皮肉に気づいた？」ルルデスが言った。

「皮肉とは？」ボッシュが応じた。

「ペレスがあのガレージへわたしたちを導き、銃弾は見つけたけど、比較の目的には役に立たないものだった。今回の再捜査は、たぶんそこで終わったはず」

「そのとおりだ。冶金学的に一致したとしても、地区検事局は、それにあまり昂奮はしなかっただろうな」

「まったくね。だけど、いまペレスが殺されたことで、あらたな事件ができあがった。そして銃撃犯を捕まえたなら、それがコルテスのところまで連れていってくれるかもしれない。それがいま言った皮肉の定義。でしょ？」

「娘に訊いてみないと。彼女はその手のことが得意なんだ」

「まあ、俗に言うように、隠蔽は元の犯罪よりまずい。かならず最終的に自分にはね返ってくる」

「今回そうなってもらいたいものだ。この件でコルテスに手錠をはめたい」

携帯電話が振動をはじめ、ボッシュはそれを抜き取った。

発信者は不明だった。

「死体を転がしたんだな」ボッシュは予測した。

ボッシュは電話に出た。ラナークからだった。

「ボッシュ、死体をシャワー・ブースから運びだした」ラナークは言った。「ペレスに跳弾は当たっていなかった」

「ほんとか」ボッシュは驚いたふりをして言った。

「ああ、それでわれわれの考えはこうだ。銃撃犯は自分の放った銃弾を受けた。たぶん脚か金玉か――もし運がよければな」

「それが正しい裁きになるだろう」

「ああ、それで、病院を調べてみるつもりだ。だが、この事件の背後にいるギャングは、たぶんこういう状況のための自前の医者を抱えているはずだ」

「たぶんそうだろう」

「そちらが協力してくれて、こちらが調べられる人間の名前をいくつか教えてもらえないか」

「それはこちらでできる。いまだ道路上なんだ。なにが出てくるのか確かめてみる」

「折り返し連絡をしてくれ、いいな？」

「なにかつかんだらすぐに」

ボッシュは電話を切り、ルルデスのほうを見た。

「被害者に銃弾は当たっていなかった？」ルルデスは訊いた。

ボッシュはあくびをかみ殺した。バラードとハリウッドで徹夜した影響を感じはじめていた。

「銃弾はなかった」ボッシュは言った。「そして連中はわれわれの協力を望んでいる」

「もちろんそうでしょうね」ルルデスは言った。

BALLARD

14

バラードはパニックに陥った人声と、あまりにやかましくて海の音が聞こえないほど近づいてくるサイレンに目を覚ました。上半身を起こし、夢でないことを確認すると、テントの内側のジッパーを引き降ろした。外を眺めると、ダークブルーの海原に鋭い光のダイヤモンドが反射しているのに反応した。片手をかざして眩しさを抑えつつ、騒動の発生源を探し、ローズ・ステーション・タワーに配置されていたライフガードのアーロン・ヘイズが砂に膝をつき、救命ボードに仰向けに横たわっている男性にまたがっているのを見た。ひとかたまりの集団が彼らのそばに立ったり、ひざまずいたりしていた。ただの野次馬もいれば、いらだったり、泣き叫んだりしているボードの上の男性の友人や近しい人間たちもいた。

バラードはテントから這(は)いだし、飼い犬のローラにテントのまえで見張り番をするよう命じ、足早に砂の上を歩いて、救命活動がおこなわれているところへ向かった。

近づきながら、バッジを取りだす。

「警官です、警官です！」バラードは声を張り上げた。「みんな下がって、ライフガードに仕事をさせるスペースをあけて下さい」

だれも動かなかった。彼らは振り返ってバラードを見た。バラードはアフタースイム・スエットを着て、朝のサーフィンとシャワーでまだ髪が濡れたままだった。

「下がりなさい！」バラードはさらに声に威厳をこめて言った。「いますぐ！　みなさんはこの状況に力を貸していません」

バラードはその一団にたどり着き、人々を押し退け、ボードから三メートル離れた半円を描かせた。

「あなたも」バラードは半狂乱で泣きながら、溺れた被害者の手をつかんでいる若い女性に言った。「お嬢さん、彼らに仕事をさせて。彼らはこの人の命を救おうとしているの」

バラードは優しく女性を引き離し、友人たちのひとりのほうへ向かわせた。その友人は若い女性を抱き締めた。バラードは駐車場を確認し、ふたりの救命士がこちらに駆けてくるのを見た。ふたりのあいだにストレッチャーを抱え持ち、ワークブーツが砂に沈みこんで走る速度が遅くなっていた。

「救命士がこっちへ向かってる、アーロン」バラードは言った。「がんばってつづけて」

アーロンが息をつこうと顔を起こしたとき、ボード上の男性の唇が青くなっているのをバラードは見た。

救命士が到着し、アーロンと交代した。アーロンは転がって離れ、砂の上に寝たまま、ゼーゼーと息を荒くしていた。救命活動をおこなって体が濡れていた。救命士の活動をじっと見守っている。救命士たちは、まず挿管し、次に要救護者の肺から水を抜き取り、呼吸用のエアバッグを装着した。

バラードはアーロンの隣にしゃがんだ。ふたりは気易い恋愛関係を築いていた。いっしょにいるとき以外には関わりを持たないという、パートタイムの恋人同士だった。アーロンは、逆三角形の筋肉質の肉体とむだな肉のないすっきりとした顔を持つ美男子で、短い髪の毛と眉毛は、日に焼けてほぼ白くなっていた。

「なにがあったの？」バラードはささやいた。

「離岸流にはまったんだ」アーロンはささやき返した。「救命ボードに乗せたあと離岸流から脱出するのに時間がかかりすぎた。クソ、警告は出ていたんだ、ビーチ一帯に」

アーロンは救命士たちが要救護者に脈を取り戻させたのを見て、まえに身を乗りだした。救命士たちはすばやく動いて、男性をストレッチャーに移した。

「手伝いにいきましょう」バラードは言った。

バラードとヘイズは砂の上を横切り、救命士たちのうしろでストレッチャーの横についた。彼らはストレッチャーを持ち上げ、砂の上を足早に移動して、救急車が待機している駐車場に運んだ。救命士のひとりは、エアバッグを絞りつづけながら片手で自分の分担の重量を負担していた。

三分後、救急車は走り去り、バラードとヘイズは、腰に手を当て、息を切らしながら、その場に立ち尽くしていた。ほどなくして、家族や友人たちが追いついてくると、ヘイズが彼らに要救護者の搬送先の病院を伝えた。ヒステリーに陥っていた女性がヘイズを抱き締めてからそれぞれの車に向かうほかの仲間たちのあとを追った。

「見たくない光景だった」バラードが言った。

「ああ」ヘイズが応じた。「今月おれが担当していたときの三人目だ。離岸流がやたら発生している」

バラードは別のことを考えていた。何年もまえ、はるかかなたのビーチでの出来事を。折れたサーフボードが波に流されていくイメージ。海原のダイヤモンドの光のなかに父親の姿を探し求める幼いレネイ。

「大丈夫かい？」ヘイズが訊いた。

バラードは思い出から我に返り、ヘイズが奇妙な表情を浮かべているのに気づいた。

「大丈夫」バラードは答えた。

バラードは腕時計を確認した。たいていの日、朝、サーフィンをするにせよ、パドリングをするにせよ、海に出たあと六時間はテントのなかで過ごそうとしてきた。だが、救命騒ぎで、たった四時間で起こされてしまった。救命活動と、ビーチを走ったことによるアドレナリンの分泌で、もう寝直せないのは確実だった。

早めに仕事をはじめることにした。洗礼者ヨハネに関するフォローアップの仕事と、まだ目を通さねばならないシェイク・カードが何箱もあった。ムーンライト・ミッションの男が重要参考人となりうるかどうかはともかくとして。

「状況説明かなにかあるんでしょ？」バラードは訊いた。

「あー、そうだな」ヘイズは言った。「ビーチ・キャプテンが事情聴取にやってくるだろうし、報告書を書くことになるだろう」

「わたしがなにか証言しないといけないなら、連絡して」

「ありがとう。そうする」

バラードはためらいがちにヘイズをハグすると、踵を返し、荷物と飼い犬を回収しにテントに戻っていった。海を眺めるとハワイの記憶が蘇った——姿を消した父親と、けっしてありえないであろうなにかを待って水際にいなければならなかった記憶。

15

分署に向かうまえにバラードはムーンライト・ミッションから半ブロック離れたセルマ・アヴェニュー沿いに自分のヴァンを停めた。ミッションの裏の駐車エリアを囲むゲートの鉄格子越しに洗礼者ヨハネのヴァンが見えた。彼がおそらくミッションのなかにいるだろうということを意味していた。

車を停止させたときにボッシュはヴァンの内部を覗いており、その際携帯電話で撮影した写真をバラードにも送ってきていた。犯罪の性質を帯びたものはなにもなかった。九年も経ってそんなものがあるとはふたりの刑事は期待していなかったが。だが、ミッション・ハウスの裏にある駐車場所は、建物の裏口とヴァンをすぐ近くに寄せることができる、とバラードは気づいた。もしヴァンがバックで入ってきた場合、ほんの一瞬しか外部にさらさずに死体をヴァンから建物のなかに運びこめるだろう。加えて、駐車エリアの奥にある独立した車庫にバラードは興味を覚えた。ヴァンを目撃した二度とも、その車はドライブウェイに置かれており、車庫のなかには置かれていなかった。なぜ車庫は使われていなかったのだろう？　ヴァンを車庫内に駐車できないようにしているのは何だろう？

ジョン・マクマレンに対するバラードの勘は、彼が犯人でないと告げていた。早朝の対峙の際の抗弁や苦情は偽りのないものに思えた。刑事というものは、人の性格に関する第六感を発達させており、人を判断する際にそうした一瞬の感覚に頼らざるをえないことが頻繁にある。強引な聴取のあと車で遠ざかる際、バラードはマクマレンに関する自分の感覚をボッシュとわかちあった。ボッシュは異議は唱えなかったが、あの伝道師を捜査対象から外すまえにヴァンをざっと調べてみる必要がある、と言った。

いま、バラードは自分のヴァンのなかに座りながら、ムーンライト・ミッションを見ており、内部を見てみる必要性を覚えていた。いったん待って、ボッシュといっしょにやることはできたが、ボッシュの体がいつ空くのかわからなかった。その点を問い合わせるショートメッセージを送ったが、返事はなかった。

バラードのローヴァーは分署の充電スロットに入っていた。単独で入っていき、しかも母艦と電子的な繋がり抜きでという考えは気に入らなかったが、待つという選択肢はそれにもまして落ち着かない気分にさせた。溺れて死にかけている男性を見て、実の父親を思いだしたのは、バラードの神経を逆立てた。そうした思いを追い払う必要があり、ここで動くことでそれができるとわかっていた。仕事はつねに嫌な思い出を忘れさせてくれる。仕事に没頭して我を忘れられた。

バラードは携帯電話を取りだし、当直オフィスの直通電話番号にかけた。ほぼ午後五時になっており、午後勤のシフトがはじまっていた。ハンナ・チャベスという名の警部補が電話に出た。

「レネイ・バラードです。レイトショーがらみの事件を追っているところで、現在、ローヴァーを持参していません。セルマ・アヴェニューとチェロキー・アヴェニューの角にあるムーンライト・ミッションで、仕事（コード6）をする予定であることを連絡したいのです。一時間経ってわたしから連絡が入らなければ、応援を送ってもらえますか？」

「了解した、バラード。ところで、ちょうど連絡をくれたので言うんだけど、こないだの夜、丘陵地帯の死体を扱ったのは、あなたね？」

「ええ、わたしです。事故でした」

「そうね、わたしもそう聞いた。だけど、おなじ現場から不法侵入の通報が入ったところなの。窃盗課は、きょうは非番になっていて、あしたまで棚上げしておこうと思っていたんだけど――」

「わたしに対応させたい、と」

「そのとおり、バラード」

「かまいませんよ。でも、まずここの仕事を終えてから、そっちへ向かわせてもらいます」

「あなたが到着するまでうちのパトロール隊には待機するよう伝える」

「どんな通報があったんです？」

「家族が亡くなったあと、家に入るため、遺族が特殊清掃業者を手配したの。その業者が家捜しされているのに気づいて、通報してきた」

「了解。もしわたしが連絡しなかったら、一時間後に応援を寄越すのを忘れないで下さい」

「ムーンライト・ミッションね――了解」

バラードは運転席から降りると、自分のヴァンの後部に移動した。先週のドライクリーニングで仕上がった服が備え付けのフックに引っ掛けたハンガーにかかっていた。三番手の仕事着と見なしているものに着替える。いつもの白いブラウスの上にチョコレート色のヴァン・ヒューゼンのブレザーを羽織り、黒のスラックスを穿く。ヴァンの後部座席を降りると、車に施錠し、ミッションに向かって通りを歩いていく。

建物の内部を見てまわり、その場所の様子を感じ取り、もしかしたらマクマレンともう一度対峙したいだけだった。直接の接近が求められていた。正面のゲートから敷地内に入り、ポーチへつづく階段をのぼった。ドアに掲げられた標識は「ようこそ」と謳っていたので、バラードはノックせずにドアをあけ、なかに入った。

幅広い入り口エリアに足を踏み入れる。アーチ型の通路が左右の部屋につづいており、目のまえには幅の広い螺旋階段があった。バラードは中央に進み出て、マクマレンあるいはほかのだれかが姿を現すのを少し待った。

なにも起こらなかった。

バラードがアーチ型通路越しに右側を見ると、その先にある部屋にはカウチが並び、中央に一脚の椅子が置かれていた。グループ・ディスカッションのまとめ役が座る場所のように。バラードは向きを変え、反対側の部屋を見た。聖書の引用とイエスの姿が記されたバナーが奥の壁に並んで吊るされていた。部屋の中央には、独立した流しのように見えるものがあり、陶製の台座の蛇口があるはずの場所には十字架が付けられていた。

バラードはその部屋に入り、流しを覗きこんだ。半分ほど水が入っていた。バナーを見上げたところ、かならずしもすべての絵がイエスのものではないとわかった。少なくとも二枚はバラードがけさ出会った男を題材にして描かれていた。

バラードは踵を返し、入り口ホールに戻ろうとして、危うくマクマレンにぶつかるところだった。バラードは面食らって、後じさったが、すぐに体勢を立て直した。

「ミスター・マクマレン」バラードは言った。「こっそり忍び寄って、おどかさないで下さい」

「忍び寄ったりしていない」マクマレンは言った。「そして、ここでは、わたしは、牧師(パスター)・マクマレンです」

「オーケイ。パスター・マクマレン」

「なぜ、あなたはここにいるんですか、刑事さん？」

「あなたとお話ししたかったんです」

バラードは振り向き、流しのほうを指し示した。

「ここがあなたの仕事場所なんですね」バラードは言った。

「仕事ではありません」マクマレンは言った。「イエス・キリストのため、魂を救っている場所なのです」

「で、みんなはどこにいるんですか？　この家は空っぽのようです」

「毎晩、わたしは新しい信徒を探しにいきます。食事を与え、着るものを与えるためにここに連れてきただれもがこんな時間までにはひとりになっていないといけません。ここは救いの旅への中間地点にすぎないのです」

「なるほど。ふたりで話をできる場所がありますか？」

「ついてきて下さい」

マクマレンは踵を返し、部屋から出ていった。かかとでローブを蹴り上げる。バラードはマクマレンが裸足(はだし)であるのを見た。ふたりは階段をまわりこみ、短い廊下を通って、キッチンに入った。そこには長いピクニック・テーブルとベンチが置かれた広い食事スペースがあった。マクマレンは脇部屋に歩を進めた。そこはこの建物がもと建てられたときには使用人部屋だったかもしれない場所で、いまはオフィスとして、あるいはひょっとしたら告解室として機能しているようだった。小さなテーブルとその両側に折りたたみ椅子のある簡素な部屋だった。戸口と向かい合う壁に目立つのは、天国めいた空の写真がついた紙のカレンダーで、聖書の言葉が印刷されていた。

「座って下さい」マクマレンは言った。

マクマレンが一脚の椅子に座り、バラードは腰と武器に添えていた右手を離し、向かい側の椅子に腰を下ろした。

マクマレンの背後の壁にコルクが張られているのをバラードは見た。そのコルクに留められているのは、重ね着をした若者たちの写真でできたコラージュだった。若者の服はボロである場合もあった。多くが汚れた顔をしており、なかには歯が欠けている者や、ドラッグ中毒のどんよりとした目つきをしている者がいた。彼らはみな、マクマレンが洗礼盤に連れてきたホームレスの信徒だった。壁に貼られた写真の人々は、性別や人種がさまざまだった。共通しているのはひとつ——だれもがカメラに向かってほほ笑んでいた。写真のなかには古く色褪せたものもあれば、その上に新しい写真をピン留めされているものもあった。写真にはファーストネームと日付が手書きされている。彼らがイエス・キリストに受け入れられた日付なんだろう、とバラードは推測した。

「もしクレームをつけないよう説得しにここに来たのなら、なにも言う必要はありません」マクマレンは言った。「怒りよりも慈善行為のほうがもっと役に立つと決めました」

バラードはもしマクマレンが苦情を申し立てなかったら怪しいとボッシュが言って

いたのを思い浮かべた。

「ありがとうございます」バラードは言った。「われわれがあなたをご立腹させたのなら、謝罪するつもりで来ました。捜しているヴァンについて不完全な情報を得ていたんです」

「わかりました」マクマレンは言った。

バラードはマクマレンのうしろにある壁に向かってうなずいた。

「あの写真は、あなたが洗礼した人たちのものですか?」バラードは訊いた。

マクマレンは背後の壁に目をやってから笑みを浮かべた。

「ほんの一部にすぎません」マクマレンは言った。「もっとたくさんいるんです」

バラードはカレンダーを見上げた。そこに載っているのは、黄金色とえび茶色に染まる日没の写真で、ある引用文が添えられていた。

主にあなたの道を委ねよ。主を信じよ。さすれば主は救い賜う。

バラードは写真の下のカレンダーの日付に目を走らせ、個々の日のマスに数字が書き殴られているのに気づいた。大半は数字一桁だったが、何日かはそれより多い数字だった。

「その数字はなんの意味があるんですか？」バラードは訊いた。

マクマレンはバラードの視線をたどってカレンダーを見た。

「サクラメントを受けた魂の数です」マクマレンは言った。「毎晩、何人が主また救い主を心に留めたのか、わたしは数えています。暗く聖なる夜が訪れるたび、さらなる魂をキリストに届けるのです」

バラードはうなずいたが、なにも言わなかった。

「刑事さん、ほんとはここでなにをしているのですか？」マクマレンが訊いた。「キリストはあなたの人生のなかにおられますか？　あなたは信仰をお持ちですか？」

バラードは自分が弁明側に立たされたのを感じた。

「わたしの信仰は仕事です」バラードは言った。

「なぜご自分の信仰を明らかにされないんです？」マクマレンは問い迫った。

「なぜなら個人的なものだからです。わたしは……組織宗教を信じていません。その必要があるとは思わないんです。わたしは自分が信じているものを信じている。それだけです」

マクマレンは長いあいだバラードの様子を見つめたあげく、質問を繰り返した。

「ほんとはここでなにをしているんですか？」

バラードは鋭い視線を取り戻し、なんらかの反応を引きだせるかどうか確かめてみることにした。

「デイジー・クレイトンです」

マクマレンはバラードの目をじっと見ていたが、バラードは自分のいま口にしたことを相手が予想していなかったのを見て取った。また、その名前がマクマレンにとってなんらかの意味があるのもわかった。

「彼女は殺されました」マクマレンは言った。「ずいぶん昔のことです——それがあなたの担当している事件なんですか？」

「ええ」バラードは言った。「わたしの事件です」

「それといったいなんの関係が——」

マクマレンは質問の答えを自分でわかったらしく、途中で言葉を切った。

「けさの停車指示」マクマレンは言った。「あの刑事はわたしのヴァンを覗いていた。なんのために？」

バラードはマクマレンの質問を無視し、自分の望んでいる方向に事態を向かわせようとした。

「彼女を知っていたんですね？」バラードは訊いた。

「はい、わたしがデイジー・クレイトンを救いました」マクマレンは言った。「彼女をキリストの元へ連れていき、主が彼女を家に呼んだのです」

「それはどういう意味です？　正確に言って下さい」

「わたしが彼女に洗礼をおこないました」

「いつ？」

マクマレンは首を横に振った。

「覚えていません。彼女が拉致されるまえだったのははっきりしています」

「彼女はその壁にいますか？」

バラードはマクマレンの背後を指さした。マクマレンは振り返ってコラージュを見た。

「いる、と思います。ええ、わたしが写真を貼りました」マクマレンは言った。

マクマレンは立ち上がると、コルク張りの壁に移動した。ピンや画鋲を抜いて、重なった写真の上の層を外し、それを丁寧にテーブルの上に置いた。数分後、何層かを外したのち、手を止めて、一枚の写真をしげしげと眺めた。

「これがデイジーだと思います」マクマレンは言った。

マクマレンはその写真を外して、バラードに見せた。肩からピンクの毛布をかけた若い女性が写っていた。髪の毛に紫色のメッシュが入っており、濡れていた。写真の背景に洗礼室に吊された何本かのバナーが見えた。その写真はデイジー・クレイトン殺害の四ヵ月まえの日付が手書きされていた。自分の名前を書くかわりに彼女は写真の角に一輪のデイジーを描いていた。

「彼女だ」バラードは言った。

「彼女は洗礼を受け、イエス・キリストの恩寵を受けたのです」マクマレンは言った。「彼女はいまや主とともにあります」

バラードは写真を掲げ持った。

「この夜のことを覚えていますか？」

「わたしはすべての夜を覚えています」

「あなたが彼女をここに連れてきたとき、彼女はひとりでしたか？」

「えーっと、その、そこは覚えていません。その年のカレンダーを見て、その日の数字を見ないことには」

「その年のカレンダーはどこにあります？」

「保管場所に。車庫のなかの」

バラードはうなずくと、コルク張りの壁にまだ残っている写真を見るため、マクマレンのまえを通り過ぎた。

「ここはどうです？」バラードは訊いた。「おなじ夜に洗礼を受けた人たちの写真はここにありますか？」

「もし写真を撮影するのを許可したのなら」マクマレンは答えた。

マクマレンはバラードの隣に近づき、ふたりで写真に目を走らせた。マクマレンは写真を外しはじめ、裏の日付を確認し、そののちコラージュのかたわらにピンで留め直した。

「これです」マクマレンは言った。「おなじ日付です」

マクマレンはバラードに二十代後半とおぼしき、汚れて髪の毛がボサボサの男性の写真を渡した。バラードは、写真の裏の日付がデイジーの洗礼の日付とおなじであることを確認した。印画紙にマーカーで記された名前は、イーグルだった。

「もう一枚」マクマレンは言った。

マクマレンは別の写真をバラードに渡した。今度の写真はずっと若い男性のものだった。ブロンドの髪の毛と、剣呑（けんのん）な目つき。バラードはその印画紙を手に取り、じっと眺めた。それはアダム・サンズの写真だった。デイジー・クレイトンのボーイフレンドにしてポン引きであったと言われている男だ。

「その日付はそれで終わりです」マクマレンは言った。

「その年のカレンダーを探しにいけますか?」バラードは訊いた。

「ええ」

「この写真を預かってもかまいませんか?」

「返していただけるのなら。写真は信徒の一部なのです」

「コピーしてお返しします」

「ありがとう。ついてきて下さい」

ふたりは部屋を出、マクマレンは鍵を使って、独立した車庫のサイドドアをあけた。家具やキャスター付きラックにかけられた服が詰めこまれた場所にふたりは入った。壁際にはいくつかの箱が積み重ねられてもいた。なかには何年のものか記された箱もあった。

十五分後、マクマレンは埃っぽい箱から二〇〇九年のカレンダーを発掘した。デイジーの写真と対応する日付を見ると、カレンダーは七名の洗礼を記録していた。バラードはカレンダーを手に取り、四ヵ月先をめくって、デイジーが誘拐され、殺害された日を見た。殺害当日あるいは、そのあと二日間のカレンダーのマスには数字は記されていなかった。

マクマレンはバラードが目にしたのと同時にカレンダーのなにも書かれていない箇所を見た。

「変ですね」マクマレンは言った。「一晩たりとも勤めを欠かさなかったはずなんですが。わたしは――ああ、思いだしました。ヴァンが整備工場に預けられていたんです。つづけざまに何日も空けるなんて、それしか理由はありません」

バラードはマクマレンを見た。

「ほんとですか？」バラードは訊いた。

「間違いありません」マクマレンは答えた。

「その記録がなにか残っていると思いますか？　どの整備工場なのかとか、ヴァンのどこに問題があったのかとか？」

「調べられますよ。トランスミッションの問題だったと思います。墓地近くのサンタモニカ大通りにある店に持っていきました。サンタモニカ大通りとエル・セントロ・アヴェニューの交差点にある。ちょうど角にある工場です。Ｚではじまってたはずなんですが、名前は思いだせないな」

「いいでしょう。記録を調べて、見つかったことを教えて下さい。このカレンダーを預からせていただけますか？　コピーしてお返しします」

「いいでしょう」

バラードは写真とカレンダーの写真を撮影できたが、捜査上の証拠になる場合に備えて、オリジナルを持っておく必要があった。

「けっこう」バラードは言った。「もういかなくてはなりません。対応しなければならない通報があるので」

バラードは名刺を取りだして、マクマレンに渡した。

「もし修理の受取証を見つけたり、デイジーに関するなにかを思いだしたりしたら、連絡して下さい」

「そうします、そうします」

「ご協力に感謝します」

バラードは車庫から出て、通路を通って、正面ゲートにいった。洗礼者ヨハネはデイジー・クレイトンの殺害者ではないという自分の勘を信用していたものの、彼が無実であると判明するまでには、まだ長い道のりがあるとわかっていた。

16

側面にＣＣＢの文字が塗装された白いボックストラックが、飼い猫に顔を食べられた女性が発見されたハリウッド大通りの家のまえに停まっていた。一台のパトカーと、白いジャンプスーツ姿の男といっしょに通りに立っているふたりの制服警官もいた。今回、バラードには車を停めるスペースがなかった。自家用車であるヴァンをまだ運転していたので、バラードはまえを通り過ぎ、手を振って合図してから、二軒先の車庫のまえに停車した。丘の両側にある家でドライブウェイがあるところはほとんどなかった。車庫が直接道路の縁石に沿ってあり、車庫を塞ぐと、その家のオーナーの潜在的な怒りを買う可能性があった。とりわけ、塞いでいる元凶がはっきり警察車両とわかるものでない場合には。

バラードは問題の家に歩いて戻り、待っている三人の男性たちに自己紹介をしなければならなかった。日勤の制服警官とはほとんど仕事をした経験がなかった。そのふたりの警官はフェルセンとトーボーグという名前だった。ふたりとも若く、髪を精緻なミリタリー・カットにしていた。バラードはトーボーグという名前に聞き覚えがあり、その評判も知っていた。魚雷（トーピード）のあだ名がある攻撃的人間で、過剰な公務執行を理由に一日かぎりの停職処分を何回も重ねて受けていた。女性警官たちは、そうした処分を男性ホルモン（テストステロン）の小休止と呼んでいた。

ジャンプスーツ姿の男は、ロジャー・ディロンという名前だった。ＣＣＢというバイオハザード清掃サービス会社に勤めていた。ディロンが不法侵入を通報したのだった。すでにフェルセンとトーボーグに話をしていたが、実際に報告書を作成することになる刑事に話を繰り返すよう促された。

ディロンによると、死亡した女性のニューヨークにいる姪から、伯母の死体が移送され、その場所が潜在的事件現場ではなくなったのち、家の清掃と消毒をするため、会社に依頼があったという。姪はその仕事をおこなってもらうため、鍵を翌日配達でディロン宛に送ったが、昼過ぎになるまで届かず、ディロンが清掃作業に家にやってくるのが遅れた。くだんの姪は、死亡事故の捜査中にボビ・クラークという名であることをバラードは確認していたが、次の朝に当地へやってくる予定だったので、ディロンは時間がごく限られていた。クラークは、葬儀をとりおこない、死んだ女性の唯一の生きている親族として、相続することになっている財産の見積もりをするあいだ、この家に滞在する予定でいた。

「で、ぼくがここに来たんですが、鍵は不要だったんです。なぜならドアが施錠されていなかったから」ディロンは言った。

「施錠されず、ドアがあいていたというわけですか？」バラードは訊いた。「それとも、施錠されないが、閉まっていた？」

「施錠されず、閉まっていましたが、最後まで引いてキチンと閉めていないのが明白だったんです。ドアを押したら、あきました」

バラードはディロンの両手を確認した。

「手袋をつけずに？」バラードは訊いた。「ドアのどこに触れたか教えて下さい」

ディロンは短い歩道を歩いて玄関のドアまで移動した。バラードは振り返ってフェルセンとトーボーグを見た。

「あのさ、ローヴァーを持ってきていないの」バラードは言った。「当直オフィスに連絡して、わたしはここで仕事中（コード6）で、ムーンライト・ミッションの一時間後の応援要請をキャンセルしてほしい、と伝えてもらえる？　連絡を忘れていたの」

「わかった」フェルセンはそう言って、肩のマイクのスイッチを入れた。

「ムーンライト・ミッションだって？」トーボーグが言った。「洗礼者ヨハネと話したのかい？　あの変人はいつかおかしなことをしでかすだろうとわかってた。なにをやったんだい？」

「未解決事件について話をしただけ」バラードは言った。「たいしたことじゃなかった」

バラードは踵を返し、ディロンのあとを追って、ドアまでいった。トーボーグが明らかにジョン・マクマレンを知っていることから、ストリート伝道師との関わり合いや彼の印象について話をしたかったが、まず当面の課題であるディロンと事件を扱わねばならなかった。

ディロンは背が高く、白いカバーオールはひとまわり小さいようだった。ズボンの裾が作業ブーツのトップエンドをかろうじてこするほどで、服がつんつるてんになった少年をバラードは思い浮かべた。もちろん、ディロンは少年ではない。バラードの見立てでは、ディロンは三十代半ばだった。端整な顔立ちで、ひげを綺麗にあたっており、茶色い髪はふさふさで、指には結婚指輪をはめていた。

ディロンはドアのまえに立ち止まり、肩の高さのところを時計回りに指で円を描いて指し示した。バラードはブレザーのポケットから手袋を取りだすとはめはじめた。

「ドアを押しあけ、なかに入ったんですね？」バラードは訊いた。

「はい」ディロンは答えた。

バラードはドアをあけ、そのまま支えて、ディロンに手招きしてなかへ入らせた。

「次にどうしたのか教えて下さい」バラードは言った。

ディロンは首にかけていたエアフィルター・マスクを口元に引き上げながら、進んだ。バラードはフェルセンとトーボーグを振り返った。フェルセンは当直司令官への無線連絡を終えたところだった。

「指紋採取車に来てもらえるかどうか、到着予定時刻はいつになるのか、訊いてもらえる？」バラードが訊いた。

「了解」フェルセンが答える。

「それから離れないで」バラードは付け加えた。「あなたたちにはここにいてもらう必要がある」

「警部補からいつここを出ていけるかすでに訊かれているんですが」フェルセンが言った。

「あなたたちにここにいてもらう必要があるとわたしが言ったと彼女に伝えて」バラードは厳しく言い放った。

バラードはディロンにつづいて家のなかに入った。腐敗臭がまだ空中にただよっていたが、ふた晩まえに死亡事案に取り組んだときより薄くなっていた。それでも、マスクを持っていればよかったのにと思った。マスクはシティ・カーのキットのなかに入っていた。密閉可能なカバーオールといっしょに。三番手のスーツも一回着たあとでにおいが染みこんでしまうだろう、とバラードはわかっていた。幸いにも、昨日、ドライクリーニングに出したスーツは、あしたの朝にはできあがっているだろう。

「まず、説明してみて下さい」バラードは言った。「侵入があったとどうしてわかったんですか？　この場所は、すでにひどいありさまでしたでしょ」

ディロンはバラードの肩越しに、リビングの正面の壁を指し示した。バラードが振り返ると、三枚並んでかかっていた赤い唇の版画がなくなっているのが目に入った。バラードがボビ・クラークに伯母が亡くなったことを知らせるため連絡すると、クラークに、その版画の無事をとくに確認された。それらはアンディー・ウォーホルの作品であり、レアなAP——画家本人の手による版画（アーティスト・プリント）であり、一枚一枚が六桁以上の価値があるだけじゃなく、揃（そろ）いの作品としてだとさらに価値が高い、と説明した。

「ミズ・クラークから、リビングにあるはずの赤い唇の絵にはとくに気をつけるようにと言われていたんです」ディロンは言った。「それで、家のなかに入ると、赤い唇はなかった。ぼくは通報しました。ひとりきりではめったに家のなかに入らないのは、こういうことがあるからです。なにかやったと訴えられたくないんです。うちはふだんふたりでチームを組んで作業に当たるんですが、相棒は別件にかかっており、クラークさんは、きょうじゅうに済ませたいという意向でした。ここに到着したときに血やほかの嫌なものを見たくない、と言ってました。猫がなにをしたか、クラークさんから聞いています」

バラードはうなずいた。

「あなたの会社なの、それともあなたはたんなる従業員？」バラードが訊いた。

「ぼくの会社です」ディロンが答える。「トラック二台、従業員四名、二十四時間三百六十五日いつでも作業可能。うちは小さな店なんです。そうは思わないでしょうけど、この業界は競争が激しいんです。殺人や凶悪な事件のあとの清掃を手がける会社はたくさんあります」

「まあ、これは殺人じゃなかった。ミズ・クラークはどういう経緯でニューヨークからあなたを雇ったのかしら？」

「検屍局からの推薦です。ぼくはやたら名刺を配っているんですよ。それに祝日には贈り物もしている。いろんな人がぼくを推薦してくれます。もし受け取って下さるなら、名刺を一束お渡ししますよ」

「まあ、あとでね。わたしがここみたいな事件現場を担当することはあまりない。ハリウッドでは近ごろ、殺人事件が多くないし、わたしは通常、墓場シフトを担当しているの」

「去年、〈ダンサーズ〉で五人殺されましたよ。ぼくはその件を担当しました。あのひどい状態を片づけるのに四日働きました。あの店は再開されていませんね」

「知ってる。あの夜、わたしもあそこにいた」

ディロンはうなずいた。

「知ってます。その事件を扱ったTV番組であなたを見た気がする」ディロンは言った。

バラードは話を軌道に戻そうと決めた。

「で、あなたはこの家に入り、版画がなくなっているのを見た。それからなにがありました？」バラードは訊いた。

「ぼくは後退し、あなたがたに連絡しました」ディロンは言った。「それから一時間ほど、警察がやってくるのを待ち、そのあと彼らは一時間、あなたが来るのを待っていた。ぼくはまったく仕事に取りかかれないし、ミズ・クラークはあしたの朝十時に到着するんです」

「それは残念ね。でも、われわれは捜査をしなければなりません——とくに重窃盗が関わっているなら。指紋採取車が早く到着するのを期待しているし、あなたの指紋も取る必要があります。この家で見つかる指紋からあなたの指紋を除外するために。さて、外に出て、パトロール警官といっしょに待っていて下さい、とこれからあなたに頼みます。その間、わたしがここで調べをおこないます」

「ぼくが仕事に取りかかれるまでどれくらいかかります？」

「できるだけ早くあなたが事件に関係ないことを明らかにするつもりですが、きょうじゅうにあなたがここに入れるとは思いません。ミズ・クラークが到着してから、彼女と現状のままの検分をする必要があるでしょう」

「クソ」

「すみませんね」

「警察はそんなことばかり言ってますが、すみませんで金は稼げないんです」

バラードは会社のオーナーとしてのディロンの懸念を理解した。

「こうしましょう、名刺を少しいただいて、ずっと手元に置いておくことにします」

「それはほんとにありがたいです、刑事さん」

バラードはディロンにつづいて家を出、フェルセンに指紋採取車について訊ねた。到着予定時間は十五分後だという返事だったが、バラードは指紋採取車の待ち時間は二倍にすべきだと経験から知っていた。その特殊車両は、全ウェスト方面隊に割り当てられており、財物窃盗から暴力犯罪にいたるあらゆるニーズに応じている潜在指紋技師が操作していた。その指紋採取車担当技師は、休みなく働いていると言っても過言ではなかった。

厳密には、バラードは、自分が最初に事件現場を検分し、容疑者が指紋を残している可能性がある場所を捜すという手順に従うことになっていた。指紋が残っている可能性を見つけたときのみ、指紋採取車を呼ぶべきだった。だが、実際には、窃盗事件の場合、そうした手順は反対になった。指紋採取車を呼ぶのが遅れれば、待機がさらに延びるだけだった。バラードは、つねに自分の事件を担当してもらうためにまず連絡を入れてから、現場を捜しはじめた。もし潜在指紋がありそうにないなら、採取車をキャンセルすればいいだけのことだった。

バラードはディロンに対して欲張った依頼をすることになるとわかっていたものの、とにかく、余分なマスクを持っていないか訊いてみた。驚いたことに、ディロンは持っている、と答えた。

ディロンはトラックの後部へ歩いていき、巻き上げ式扉をあけた。トラックのなかは、水洗い式掃除機やほかの装置が詰まっていた。ディロンは道具入れの引き出しから使い捨てマスクの箱を取りだし、バラードにマスクをひとつ渡した。

「このマスクのフィルターは一日保ちます」ディロンは言った。「以上」

「ありがとう」バラードは礼を言った。

「それからこれが名刺です」

ディロンは別の引き出しから名刺十枚ほどの束を取りだした。それをバラードに手渡す。バラードは、CCBの下の小さな活字が、会社の正式名称だと気づいた――ケミーカル・バイオ・サービス。名刺を自分のポケットに入れ、ディロンに礼を言った。もっとも、ディロンの会社のサービスを推薦する機会はほとんどないだろうとわかっていたが。

バラードはディロンをその場に残し、家に戻った。入っていきながらマスクを装着する。リビングに立ち、その場所を把握する。観察し、考察しながら。腐敗臭の元――死体――が撤去されたのは、有毒臭の減少を説明するだろう。だが、バラードは死後数日経ったこのような家に何度も入ったことがあり、死体撤去以上にその過程を促進したものがあると信じていた。自分があいている窓を探している、と結論を下す。

バラードは部屋の奥にあるガラスの壁に移動した。すぐにガラス板が壁のなかに消えているレールに載っているのに気づいた。ガラス板は壁に押しこめることができ、裏のデッキに通じる広い空間がそこに空き、この家のインドアとアウトドアが一体になるスタイルをこしらえていた。最初のガラス板をスライドさせてあけ、デッキに足を踏み入れた。デッキは家の端から端までつづいていて、来客用寝室と主寝室に面していた。デッキの突き当たりに、四角いエアコン・ユニットが置かれていた。それは窓の下の壁から外され、そこに置かれたものだった。そこは不法侵入犯の侵入地点に違いなく、その開口部から腐敗臭のなにがしかは抜けでていたのだ。

バラードはデッキを端まで歩いていき、開口部を見ようとした。少なくとも縦六十センチ、横九十センチはあった。エアコン・ユニットは、比較的新しいもののようだった。この家のオーナーが、夏の最盛期に寝室に余分な冷気を送りこもうとして追加したのだろう。

バラードは侵入地点をつかんだ。いまや問題は、侵入犯がどうやってそこにたどり着いたかだ。この家は丘の険しい斜面に片持ち梁で建っていた。バラードは手すりに近づき、下を覗きこんだ。ここは無理だ。あまりに困難な侵入路であり、ロープや巻き上げ機が必要だろう。その手の周到な準備計画は、エアコンが壁のスロットから外されっぱなしになっているという事実と矛盾していた。それは楽観主義者のその場しのぎの仕事であり、綿密に計画を立てる人間のそれではなかった。

バラードは上を見た。デッキの屋根は、四ヵ所で装飾性の高い黒い鉄金具で支えられていた。二本の縦棒のあいだを木の枝が往復するというパターンを繰り返す金具だった。意図してかどうかはともかく、それぞれの金具は屋根から下る梯子の代用品になっていた。

バラードは室内に戻り、正面のドアから出た。ディロンは自分のトラックにもたれかかっていた。バラードを見ると、ディロンは背を伸ばし、物問いたげに両腕を広げた。

「指紋採取車はどこ？」ディロンは訊いた。「いつになったらぼくはここから出ていけるんです？」

「まもなく」バラードは言った。「もう少し辛抱して下さい」

バラードはトラックを指さした。

「ところで、あなたのトラックのなかに梯子が立てかけられていたのを見かけました」バラードは言った。「少しのあいだ、貸してもらえませんか？　屋根にのぼりたいので」

ディロンはやることができて喜んでいるようだった。とりわけロス市警に恩を売ることができるならば。

「いいですよ」ディロンは言った。

ディロンが梯子を取ってくるあいだ、バラードは道に出て、家の正面沿いに歩いた。この建物の設計は、すべて反対側の景色を見ることを考えておこなわれていた。そこはデッキや窓、ガラス扉のあるところだった。こちら側は、縁石から九十センチほどしか離れておらず、正面のドアと、主寝室の小さな窓一枚を除いて、単調なモノリスっぽいものだった。その要塞のようなデザインは、何本かの竹が伸びているコンクリート製のプランターと蔦を編んだ格子で和らいでいた。バラードは格子をじっと見つめ、だれかがつなぎ目を上るための手がかりや足がかりにしたことで蔦に損傷が生じている箇所を認めた。そこもまた即席の梯子だった。

ディロンが連梯子を家に音高くかけた。バラードがそちらを見ると、ディロンが手で合図をした——用意完了。

ディロンに梯子を支えてもらって、バラードは平たい屋根にのぼった。奥の端まで歩いていき、砂利のなかに足跡やなんらかの侵入の証拠を探した。なにも見当たらなかった。

バラードは遠いほうの端にたどり着き、そこからの風景に目を向けた。暗くなりかけており、沈む夕陽に空が赤やピンクに染まっていた。一瞬、アーロンのことを思い浮かべ、彼が離岸流から引っ張りだした男性に関してなにかニュースがないかどうか確かめるため連絡を取りたくなった。

関心を当座の事件に戻すと、バラードは侵入犯の足取りを見つけたと確信した。家のまえの格子を登り、屋根を横断して、裏のデッキの鉄金具を降りたのだ。エアコンを外してから、室内に侵入し、壁から三枚の版画を盗んだ。ほかに失われている財物があれば、それも盗んだのかもしれない。その時点で、犯人は盗んだ品物を持って単純に正面のドアから出ていき、ドアをほんの少しあいたままにした。

未熟さと混じった才気の要素があった。犯行のあらゆる面が、暗闇に乗じておこなわれた、とバラードに告げていた。それはつまり、この不法侵入が、被害者の死が発覚したつぎの夜に起こったという意味だった。何者かがすばやく行動を起こした。おそらく家のなかにある芸術作品とその価値の知識があり――それだけでなく作品の所有者の死も知っていた。

バラードはぐるっと回って、隣近所に目を走らせた。この街が監視カメラの街だとバラードは知っていた。カメラを探しだすのは、どんな捜査手順でも優先度の高いものだった。昨今、証人よりもビデオを先に探すようになっていた。カメラは嘘をつかず、あるいは混乱もしない。

ハリウッド大通りは、山の稜線に沿って曲がりくねっていた。バラードが立っている家は、前方が見通せないカーブのもっとも曲がりがきつい地点に建っていた。バラードはカーブに建っている一軒の家に目を留めた。監視カメラが設置されており、表向きは、家の側面にある、地面より下の踊り場まで下っていく階段に向けられたものだった。だが、カメラの角度次第で、その視野に自分がいま立っている屋根が入っている可能性がある、とバラードはわかった。

指紋採取車が到着し、バラードはディロンに支えてもらって梯子を下りた。まず、技師を屋内からデッキへ案内し、潜在指紋のありそうな場所を指摘した。三枚のウォーホルが飾られていた壁だけでなく、裏のデッキに残されたエアコン・ユニットも。そののち、家のまえに出て、ディロンを紹介し、技師に排除の目的でまず彼の指紋を採取してくれるよう頼んだ。時間を取らせたことと、梯子を貸してくれたことに対し、バラードはディロンに礼を述べ、指紋採取が終わり次第、帰っていい、と伝えた。

「今夜清掃できるようにならないのは、確かですか？」ディロンは訊いた。「ぼくはこのあたりで待ってます」

「できるようにはなりそうにないです」バラードは言った。「ミズ・クラークには日勤の不法侵入担当の人間と検分をおこなってもらわねばならないでしょう。それをおこなうまえにここを清掃してもらいたくありません」

「わかりました、ためしに訊いてみたんです」

「それについては申し訳ありません」

「かまいません。あの名刺をかならず使って下さいね」

ディロンは小さく手を振ると、トラックの後部を閉めに向かった。バラードは先ほど見つけたカメラがあるほうに向かって道を歩きだした。十分後、バラードは先の見通せない曲がり角にある家の持ち主と話をし、彼の家の側面に取り付けられているカメラのビデオ再生を彼の肩越しに見ていた。不法侵入を受けた家の屋根全体をすっかり捉えていたが、薄暗いデジタル動画だった。

「まず午前零時からはじめましょう」バラードは言った。

17

ドアがひらくとバラードはバッジを取り出して掲げた。そこに立っている男性は、不安げな表情をしていたが、驚いてはいなかった。彼はスエットを着て、片手を袖なしパーカーの前ポケットに入れていた。〝科学を通じてよりよき暮らし〟をしているタイプの人間だ、とバラードは見分けることができた。太い腕をしており、ステロイド摂取者特有の隆起した首の静脈と血走った目が顕著だった。緑色の瞳には生気がなかった。バラードより身長は低かったが、おそらく体重は二倍あった。

「ベクテルさんですか？　シオドア・ベクテルさん？」

「テッドだ。なにか？」

「わたしはバラード刑事、ロス市警です。少しお訊ねしたいことがあります。なかに入れていただけますか？」

ベクテルは返事をしなかった。一歩退き、バラードが通るスペースを空けた。バラードはベクテルのかたわらを通り過ぎる際、体をわずかに横に向け、相手の姿から視線を切らないようにして、なかに入った。この時点で、バラードはベクテルを不法侵入犯だと考えていた。そのリストに暴行あるいは殺人を付け加える機会を与えたくなかった。

バラードがなかに入ると、ベクテルは手を伸ばして、ドアを閉めようとした。バラードはベクテルの行動を止めた。

「もしかまわなければドアをあけたままにしていただけませんか？」バラードは言った。「同僚がふたり、もうすぐ来るので」

「あー、じゃあ、そうしよう」

バラードは円形のエントランスエリアで体の向きを変えて、相手を見、さらなる指示を受け入れようとした。だが、ベクテルはじっとバラードを見ているだけだった。

「ウォーホルのために来たんだろ」ベクテルは訊いた。

バラードはその反応は予想していなかった。一瞬ためらってから、返事をした。

「あれを持っているとおっしゃってるんですか？」バラードは訊いた。

「持ってる」ベクテルは言った。「うちの書斎にある。安全で快適な場所に」

あたかもいい仕事を達成したかのようにベクテルは言った。

「見せてもらえます？」

「もちろんだ。ついてきてくれ」

ベクテルは短い廊下を通って、ホームオフィスにバラードを案内した。はたせるかな、三枚の赤い唇の版画が壁に立てかけられていた。ベクテルはそれを紹介するかのように両手を広げた。

「これはマリリン・モンローだと思うんだ」ベクテルは言った。

「はい？」バラードは問い返した。

「唇だよ。ウォーホルはマリリンの唇を使ったんだ。オンラインで読んだ」

「ベクテルさん、この絵があなたの家にあり、通りをはさんだ向かいの家の壁にない、その理由を説明していただかねばなりません」

「安全に保管するため、取ったんだ」

「安全に保管するため。そんなことをするようにだれがあなたに言ったんです？」

「まあ、だれもそんなことをするようにおれに言ってはいない。たんにだれかがそれをしなきゃならないとわかっていただけさ」

「なぜそうなんです？」

「なぜなら、彼女があそこにあれを持っているのをだれもが知っていて、盗まれることになっていたからさ」

「だから、あなたが最初に盗んだ？」

「いや、おれは盗んでない。言っただろ。安全に保管するため、ここに運んだんだ。正当な相続人のため、保管しようと。それだけだ。ニューヨークに姪がいて、全部相続すると聞いている」

「それがあなたの主張したい話ですか？　これは近隣に住むものの一種の親切な行為である、と？」

「それが起きたことさ」

バラードはベクテルから一歩下がり、いま知ったことと、証人と証拠の観点からいまつかんでいることを評価した。

「あなたはなにで生計を立てているんですか、ベクテルさん？」

「栄養食品さ。サプリメントを販売している。アパートに店を構えているんだ」

「ここは持ち家ですか？」

「賃貸だ」

「ここにはいつから住んでます？」

「三ヵ月だな。いや、四ヵ月だ」

「通りの向かいに住んでいた女性のことをどれくらい知っていました?」

「知らない。ろくに。たんに、こんにちは、と挨拶するくらいだ。その程度の親しささ」

「この時点であなたにあなたの権利について助言する必要があると思います」

「なんだって? おれを逮捕するつもりか?」

ベクテルは本気で驚いている様子だった。

「ベクテルさん、あなたには黙秘する権利があります。あなたが口にする言葉は、なんであれ、司法の場であなたに不利な形で利用される可能性があります。あなたには弁護人にご自分の代理を務めてもらえる権利があります。もし弁護人を雇えないのなら、ひとりの弁護人が無償であなたに提供されるでしょう。いま説明しましたこれらの権利を理解しましたか?」

「理解できん。おれはよき隣人だった」

「わたしがいま読み上げたご自分の権利を理解しましたか?」

「ああ、クソ、理解したよ。だけど、こんなことまったく不必要だ。おれには事業がある。こんなことに——」

「その椅子に座って下さい」

バラードは壁際に置かれている椅子を指さした。ベクテルが渋々腰を下ろすまでバラードは椅子を指さしつづけた。

「こいつは驚きだな」ベクテルは言った。「いいことをしようとしたら、そのせいで嫌がらせを受けるんだ」

バラードは携帯電話を取りだし、当直オフィスへの短縮ダイヤルを押した。ベクテルのドアをノックするまえにバラードは応援要請をしていた。バラードが通りを歩いていったところの家でビデオを見ているあいだにフェルセンとトーボーグは別の出動要請を受けて、いなくなっていたからだ。いま、バラードは、応援抜きで重罪逮捕をおこなわねばならない状況に陥っていた。呼び出し音が六回鳴っても、相手は出なかった。待っているあいだ、さりげなくバラードはベクテルからさらに数歩遠のき、相手が逮捕されたくないと判断したときに反応する余裕をもっと稼ごうとした。

やがてかけている電話は、聞き覚えのない声に応答された。

「こちらは、6・ウィリアム・25、わたしの応援はどこ？」

「えーっと……ボードには記されていないな。ほんとに応援要請したの？」

「した、十五分まえに。寄越して。いますぐ。遅れずに。それから、この通話回線をあけたままにして」

バラードは住所を携帯電話に向かって吠え立ててから、ふたたびベクテルに注意を向けた。行方不明の応援チームについてはあとで探ろうと決めた。

ベクテルはパーカーのまえポケットに両手を入れて座っていた。

「両手をパーカーから出し、わたしの見えるところに置いてほしい」バラードは言った。

ベクテルはその指示に従ったが、この一切合切が誤解であるかのように首を振った。

「ほんとにおれを逮捕する気か?」

「通りをはさんだ向かいの家の屋根にのぼり、裏のデッキに侵入し、数十万ドルの価値のある三枚のアート作品を入手した理由を説明したくない?」

ベクテルはなにも言わなかった。バラードの知識に驚いている様子だった。

「ええ、ビデオがあるの」バラードは言った。

「その、なんだ、おれはどうにかして入らなきゃならなかったんだ」ベクテルは言った。「そうしないと、ほかのだれかが入ってくることになり、絵は消えてしまうだろう」

「実際には、絵じゃなく、版画だけど」

「なんでもいい。おれは盗んじゃいない」

「版画以外にほかになにか持ってきたものはない？」

「ない。どうしてそんなことをしなきゃならん？　おれはあの絵だけが心配だったんだ。つまり、版画が」

バラードはベクテルに手錠をかけて、脅威を無効化するか、はたまた応援を待つか、どちらかに決めなければならなかった。応援はあと十分から十五分しないと来ないだろう。完全に制圧したわけではない容疑者といっしょに待つには長い時間だった。

「地区検事局が、犯罪がおこなわれたかどうか判断します。ですが、わたしはあなたを逮捕するつもりです。たったいま、わたしが願うのは――」

「こいつはとんでもない戯言（たわごと）で――」

「――椅子から立ち上がって、壁に向かって下さい。床に膝をつき、頭のうしろで指を組んで下さい」

ベクテルは立ち上がったが、それ以上動かなかった。

「膝をついて下さい」

「いや、おれは膝をつかない。なにもやってない」

「あなたは逮捕されました。地面に膝をつき、指を――」

バラードは言い終わらなかった。ベクテルがバラードに向かって動きはじめた。もしバラードが銃を抜いていたら、たぶんそれを使っていただろうし、それはバラードのキャリアの終わりになる可能性が高いだろう、とその瞬間、はっきりわかった。たとえ発砲がどれほど正当なものであったとしても。

だが、ベクテルがバラードに襲いかかろうとしているのか、たんにバラードを迂回して、部屋から出ていこうとしているのか、はっきりわからなかった。

ベクテルはドアに向かっているかのように動いていたが、突然、向きを変えてバラードのほうに動いた。バラードは相手の利点――体重と筋肉――を利用しようとした。

ベクテルがまえに進みでると、バラードは彼の股間に狙いを定めた蹴りを叩きこんだ。ベクテルが体をふたつに折り、激しいうめき声を発しながらまえによろけると、バラードは二歩うしろへ下がり、横へ移動した。ベクテルの右手首と肘をつかみ、手首を押し下げ、肘を引っ張りあげて、自分の脚をからめて、ベクテルの体を回転させた。ベクテルは顔から先に倒れ、バラードは両膝を相手の背中のくぼみに押し当て、五十四キロの全体重をかけた。

「動くんじゃない！」

だが、ベクテルは動いた。モンスターのようにうめくと、床を腕立て伏せで押しやり、起き上がろうとした。バラードは片膝を相手のあばら骨に叩きこみ、ベクテルは「うっ」と声を上げてまた床に倒れた。バラードはすばやくベルトから手錠を外し、相手が手錠をかけられていると気づかぬうちに右の手首に手錠をはめた。ベクテルは次の手錠をかけられるのをもがいて逃れようとしたが、バラードのほうが有利な体勢だった。バラードは両方の手首を背中にまわさせ、第二の手錠を左手首にかけた。いまやベクテルは制圧された。

バラードは起き上がり、ぜーぜー喘いでいたが、はるかに力のある男を地面に押さえこんだことで高揚していた。

「刑務所いきだな、クソ野郎」

「これは大きなミスだ。なあ、これは間違っている」

「判事に言えばいい。あんたみたいなやつからの戯言を聞くのに慣れている」

「こんなことをして後悔するぞ」

「信じてちょうだい、もう後悔している。だけど、だからと言って、なにも変わらないから。あんたは刑務所にいく」

BOSCH

18

ボッシュとルルデスは、ハイメ・エンリケス医師を監視し、彼が往診に出るかどうか確かめようと一日の残りを費やした。エンリケスは地元サンフェルナンドの生まれだった。成功をおさめ、かつ地元と親密な子どもだった。ＵＣＬＡで研鑽（けんさん）を積んだ医師であり、全米のどこでも働けたはずだった。だが、エンリケスは地元に戻り、トルーマン・アヴェニューで混みあう一般医院を開業し、エンリケスに惹かれてやってくる大量の患者をほかのふたりの医師とともに診察していた。エンリケスはサンフェルナンドのサクセス・ストーリーの体現者だった。貧しいヒスパニック居住地（バリオ）で育ち、いまは、市内でもっとも高級かつ安全な地域である、緑豊かなハンティントン・エステーツで暮らしていた。

だが、表向きは、成功をおさめ、尊敬を集める名士である一方で、エンリケスの名前はサンフェルナンド市警のギャング情報ファイルにひそかに記載されていた。エンリケスの父と祖父はサンフェル団の構成員であり、組織への忠誠心は――強制されたものであれ、自発的なものであれ――根強いものだった。エンリケスはギャングお抱えドクターとして疑われているのが彼の人生の秘密であり、ボッシュとルルデスは、エンリケスがマーティン・ペレスの殺害犯を処置しているかどうか突き止めようとしていた。ルルデスのいとこJ・ロッドがエンリケスの名をふたりに知らせ、エンリケスはギャング情報班のレーダーにかかった三人の医師のうちのひとりだと告げた。だが、ほかのふたりの医師は、すでに州医事当局の捜査対象になっており、今回の事件――証人殺害――のためにサンフェル団は自分たちのトップの修復師に依頼するだろう、というのがJ・ロッドの見立てだった。非の打ち所のないような生活を送っている人間に。

この日の大半は、エンリケスが診療をおこなっている混みあう医院の監視に費やされた。ボッシュとルルデスはふたりとも、保安官事務所の刑事ラナークとボイスからの連絡をかわしつづけた。そして医院の建物と正面に停められているエンリケスで登録されたメルセデスベンツを監視しながら、ふたりは捜査の漏れがどこにあったのか突き止めようとしていた。

ふたつの事柄のうちひとつが起こったのだ。何者かがサンフェル団にマーティン・

ペレスが警察に協力しているという事実を垂れこんだ。あるいは、ペレスが、知り合いか家族の一員にうっかり口を滑らせ、自分から知らせてしまったか。

ボッシュとルルデスは、前者である可能性が高いと考えており、時間を費やして、その場合のさまざまな可能性を洗いだし、いくつかを却下し、いくつかを候補として取っておいた。

ボッシュはトム・ヤーロに疑念を抱いていると口にした。今回の捜索令状執行にふたつの市警間の連絡役として任命されたロス市警の刑事。だが、ルルデスは、ペレス殺害を設定するための事件に関する充分な情報をヤーロが持っていない点を指摘した。加えて、朝の捜索をランドリーの駐車場からコルテスが見ていることをルルデスに注意喚起したのはヤーロだった。だが、それは純粋な警告だったかもしれないし、あるいはヤーロを親ボッシュ・チームの一員として確かな立場にするための相当狡猾(こうかつ)な計画の一部だったかもしれなかった。

「ヤーロは捜索令状についてブリーフィングを受けていた」ルルデスが言った。「だけど、そのブリーフィングのなかで、あなたの情報源のことはけっして口にしなかったし、ペレスは令状のなかでは、匿名を表すジョン・ドゥで表現されていた。ヤーロは氏名も場所もつかんでいなかった――言わせてもらえば、彼が漏洩源(ろうえいげん)である可能性はきわめて低い」

　それにより会話は、気まずいながら、サンフェルナンド市警に向かった。市警の警察官の多くは、サンフェルナンド出身であり、サンフェル団に所属している人間を知らずに六平方キロメートルの小さな街で育つのは事実上、不可能だった。それに、そのコネクションは、通常、肯定的な形で役に立っていた。多くの警察官が、過去の知り合いとの路上での会話から、ギャング情報ファイルに情報を加えていた。ルルデスのいとこのJ・ロッドが、その好例であり、ルルデスは市警に入って以来、情報が反対方向に向かった例を思いだすことができなかった。

　それによって会話はさらにボッシュにとって気まずい方向へ向かっていくようだった。自分がおこなったなんらかの動きが、ペレスのサンフェル団への裏切りを明らかにしてしまった可能性があるのだろうか？

　ボッシュは途方に暮れた。オフィスとして利用している旧刑務所の囚房に自分のノートパソコンを置きっぱなしにすることがたびたびあったのはわかっている。だが、囚房はつねに施錠され、ノートパソコンはパスワードで保護されていた。その両方とも解除可能だとはわかっていたが、サンフェル団の構成員がそんな侵入を大胆におこなおうとするのは低い確率に思えた。

「なにか別のものがあるはずだ」ボッシュは言った。「もしかしたらもう一度ペレスを調べるべきかもしれない。だれにわかる？　ひょっとして、ペレスはだれかに連絡して、コルテスを引きずりおろすことについてペラペラしゃべったのかもしれない。ペレスがとても賢い人間だと言った者はだれもいない」

「かもしれない」ルルデスはそう言ったものの、彼女の口調は、納得していないことを示唆していた。

解決策を見つけようとして、あるいはせめて焦点を定めようとしてうまくいかず、車内に沈黙が降りたが、やがてエンリケスのメルセデスベンツに近づいていくひとりの男を目にした。

「あれがやつか？」ボッシュは訊いた。

ルルデスは、携帯電話を手に取り、車両局から自分の携帯電話の画面にダウンロードしたエンリケスの写真を見た。

「彼よ」ルルデスは言った。「さあ、いきましょう」

ふたりを乗せた車は、医師の車を追って、北上し、ハンティントン・エステーツに入った。そこでエンリケスは二階建ての家の横にある車庫に車を入れた。家の正面には円柱が並んでいた。車庫はその家に併設されており、刑事たちは車庫のドアが自動的に降りてくると医師の姿を見失った。

「これで終わりかな？」ルルデスは言った。「今夜は家にいると思う？」

「けさの銃撃犯の治療をしたのなら、どこかの時点で患者の様子を見にいかねばならないだろう」ボッシュは言った。

「死んでないかぎり」

「まさにそうだな」

「あるいは、犯人があの家にいるのでないかぎり」

「それもそうだな」

「じゃあ、ここに残る？」

「おれは残る。もしやらなければならないことがあるなら、きみはここから歩いてウーバーを呼んでくれ。もし医者が動いたら、連絡する」

「ダメ、あなたをここにひとりで残していくわけにはいかない」

「たいしたことじゃない。どうせ万にひとつの見こみもないんだから」

「パートナーがすることじゃないわ」

ボッシュはうなずいた。

「わかった」ボッシュは言った。「だが、どちらかがウーバーで〈ルート66〉までいって食事をテイクアウトしてこなきゃならないかもしれない。丸一日、なにも食べていない」

「いいわよ」ルルデスは言った。「もしあんなものが好きなら」

ボッシュは相手の挑発には乗らなかった。ふたりは、過去に、監視任務時の食事に関して、悪気のない言い争いをしていた。

ふたりは医師の家から半ブロック離れた、フル・リノベーションのため無人になっている一軒の家のドライブウェイに車を停めた。建築資材を運ぶために用いられている平台トラックのまえにボッシュは自分の古いジープ・チェロキーを停め、おんぼろ車がトラックの車体に隠れるようにした。ジープの車窓はスモークガラスになっており、携帯画面の光で自分たちを照らさないかぎり、医師あるいは近隣のほかの人間に気づかれはしないだろう。

「シールズ&クロフツという音楽グループを覚えている?」ルルデスが訊いた。

「ああ」ボッシュは答えた。「七〇年代のグループだろ?　スターだった」

「わたしが生まれるまえね。でも、ここに彼らが住んでいたと聞いたことがある。ジ・エステーツに」

「ふーん」

　雑談は二時間ほどつづき、食べ物の話がまた持ち上がってきて、熱を帯びた。ルルデスはボッシュの提案するハンバーガーとホットドッグの店に興味はなく、ボッシュは街のすべてのメキシコ料理店にずいぶんまえから飽きていた。コイン投げで決めようとしたとき、一台の車が通りをやってきて、エンリケスの家のドライブウェイに入ると車の明かりを消した。真っ暗だったが、ボッシュは車が建設現場を通り過ぎる際に車種を見分けていた。白いクライスラー300だった。

「あれだ」ボッシュは言った。

　だれも車から出なかった。停止し、アイドリングをつづけ、排気ガスがツインパイプから吐きだされていた。

　家の内部の照明はいっさい灯らなかったが、側面からひとつの人影が現れ、クライスラーに乗りこんだ。

「あれは例の医者かな？」ルルデスが訊いた。

「わからない。だけど、そうだと賭ける」ボッシュは言った。

　クライスラーはエンリケスの家を出発し、速度を緩めずにボッシュのジープのまえを通り過ぎた。ボッシュはクライスラーが角を曲がるまで待ってから、自分の車を発進させた。

そうすることで住宅地域を通っているあいだ、クライスラーに尾行を気づかれずに済む。いったん監視対象が商業地域に入ると、走っているほかの車をカモフラージュとして利用するのはかなり簡単になった。ボッシュとルルデスはサンフェルナンド・ロードまでクライスラーを追い、そこから北上してロサンジェルスのシルマー地区に入った。ロックスフォード・ストリートで、クライスラーは右折し、千平方メートルの地所に中流のランチハウスが建ち並ぶ住宅地域に入った。

ヘリック・ストリートを通り過ぎた直後、クライスラーは右折して、一軒のドライブウェイに入り、停まった。ボッシュは通り過ぎた。ルルデスが目にしたものを報告した。

「何人か男がいた」ルルデスは言った。「車を出迎えて、急いで乗っていた人間を家のなかに入れた」

「一段と厳しい状況になったにちがいない」ボッシュは言った。

「で、われわれはどうするの?」

「いまのところ、待つ」

「なにを待つの? ここはロサンジェルスよ。ロス市警のSWATに通報し、連中全員を一網打尽にしてもらうべき」

「そうする。だけど、あそこから医師が出てくるまで待とう。彼がサンフェル団のために働いているのをわれわれは証明できるようになった。きみのいとこは、あの医者に話をして、寝返らせ、ずっと釣り針に引っかけておきたいと願うかもしれない」

ルルデスはうなずいた。それはいい計画だった。エンリケスはギャング仲間の医者として正体をバラされる屈辱を避けるのと引き換えに、ギャング情報班に進んで情報を提供する可能性は充分にあった。

「ただし、だれがペレスの情報を漏らしたのか、まだこっちはわかっていない」ルルデスが言った。「もし医者も情報提供者になったなら、彼にとってとても危険なことになりかねない」

ボッシュはうなずいた。

「それでもわれわれは捜査をつづけねばならない」ボッシュは言った。「銃撃犯がだれなのかわかりさえすれば、そのあたりももっとはっきりしてくるかもしれない」

19

ボッシュが自宅に入ると、エリザベスのスーツケースが、正面ドアのすぐ内側の床に置かれているのに出くわした。実際にはボッシュのスーツケースなのだが、わずかばかりの所持品を収められるよう、リハビリの最終日にボッシュがエリザベスのために持っていったものだった。スーツケースには、まだ買い求める品物のためのスペースが余っていた。

裏の引き戸越しにエリザベスがデッキにいて、ラウンジチェアの一脚に座っているのをボッシュは見た。しばらく、エリザベスの様子を眺め、自分が入ってきた音を彼女は耳にしていないな、と思った。エリザベスはなにかを読んだり、音楽に耳を傾けたりしているのではなかった。携帯電話を見ているのでもない。たんに山道をじっと見ているだけだった。まるでこの街の血管を通る血液のように、フリーウェイを走るけっして終わらぬ車の動きを。変わりつづけるが、つねにおなじである景色のひとつの側面だった。近年、そこに唯一加わったのは、特別な機会にユニバーサル・スタジオのハリー・ポッター・ライドで打ち上げられる花火だった。

ボッシュはリビングを横切り、引き戸の一枚をあけて、デッキに足を踏み入れた。

「やあ」ボッシュは声をかけた。

「ハロー」エリザベスは応じた。

エリザベスは笑みを浮かべた。ボッシュはデッキを横切り、手すりに背をもたれて、彼女を見た。

「足を引きずってる」エリザベスは言った。

「ああ」ボッシュは言った。「チャン先生に会いにいかないとな」

まえの年、ボッシュはある事件の潜入捜査を短期間おこなっているとき、エリザベスに会った。処方薬を手に入れるため、うさんくさい薬局をペテンにかけるオピオイド中毒という変装の一部として、ボッシュは杖を持ち、足をひきずることを採用した。皮肉なのは、殺人容疑者と飛行機のなかで揉み合った際、すでに関節炎を発症していた膝の靱帯を痛めてしまった。いまや毎月チャン先生に会いに出かけていた。ある事件で何年もまえに出会った鍼灸師だった。

「あした、彼女に電話するよ」ボッシュは言った。

ボッシュはエリザベスがなにか言うのを待ったが、彼女はなにも言わなかった。

「スーツケースを見た」ボッシュは言った。

「ええ、荷物をまとめたの」エリザベスは言った。「出ていく。だけど、面と向かって話さずに出ていきたくなかった。こんなにもしてくれたあとで、そんなことをすれば間違っている気がしたので」

「どこにいくつもりだ？」

「わからない」

「エリザベス……」

「どこか見つけるわ」

「ここに場所があるだろ」

「あたしがここにいるので、あなたの娘さんは訪ねてこない。それはあなたがたふたりにとって、不公平だわ」

「あの子は変わるさ。それに、おれは会いに出かけている」

「そして彼女はあなたとほとんど口を利かない。あなたが話してくれた。あなたにショートメッセージすら送ってこないって」

「きのうの夜、メッセージを送ったよ」

「あなたはおやすみ、とメッセージを送り、彼女はおなじ言葉を返してくる。それは会話じゃないわ。あたしが来るまえにあなたたちがしていたのはそんなじゃない」

ボッシュはこの角度の議論では勝てないのがわかっていた。なぜなら彼女の言うとおりだったからだ。

「われわれは事件に迫っているんだ」ボッシュは話題を変えようとした。「このあいだ話した刑事なんだが……彼女が捜査に全面的に加わってくれたと思う。動いているんだ。もう少しわれわれに時間をくれ。きのうの夜、ひとりの容疑者を調べてみた」

「それがどうしたの？」エリザベスは問いかけた。「なにも変わりはしないわ。デイジーは九年まえに死んでいるの」

「おれに言えるのは、それが重要だということだけだ」ボッシュは言った。「大切なんだ。おれたちが犯人を捕まえたなら、きみにそれがわかるだろう」

ボッシュは反応を待ったが、エリザベスはなにも言わなかった。

「ずいぶん遅くなってすまない」ボッシュは言った。「なにか食べたかい？」

「ええ、料理をこしらえたの」エリザベスは言った。「あなたの分を皿に載せて冷蔵庫に入れておいたわ」

「もう寝ようと思うんだ。疲れているし、膝も痛い。早くに起きて、ハリウッド分署に立ち寄り、バラードが帰宅するまえに様子を確認するつもりだ」

「わかった」

「せめて今夜は、ここにいてくれるだろ？　計画なしに出ていくのには遅すぎる。この件をあした話そう」

エリザベスは答えなかった。

「きみの部屋にスーツケースを戻しておく」ボッシュは言った。

ちょうどそのとき、緑色の光をあとに引きながらユニバーサル・スタジオの上空に一発の打ち上げ花火が弧を描き、ボッシュは一瞬そちらの景色のほうを向いた。花火はのっぺりとした破裂音とともに弾（はじ）けた。ボッシュがこれまでの人生で耳にした本物の迫撃砲の音とは大違いだった。

ボッシュはあいている引き戸に向かった。

「デイジーは一度、ユニバーサル・スタジオから葉書を送ってきてくれたことがある」エリザベスが言った。「ハリー・ポッターがアトラクションになるまえだった。まだジョーズ・ライドがあった。その絵葉書には、鮫（さめ）が描かれていた。それを覚えている。それで娘がLAにいるってわかったの」

ボッシュはうなずいた。

「ここに座っていたとき、娘が幼いころに話してくれたジョークを思いだした。学校で聞いたそうよ。聞きたい、ハリー？」

「もちろん」

「アルファベット・スープを飲みすぎたらどうなる？」

「どうなる？」

「お腹が痛くて文字文字しちゃう」

エリザベスはジョークの落ちに笑みを浮かべた。ボッシュも笑みを浮かべたが、たしか実の娘がそのジョークを一度話してくれたことがあった。いまの話を聞いて、エリザベスの悲しみがいっそう深くボッシュの胸を衝いた。

こういう形でボッシュはデイジーについて、より多く学んだのだった。エリザベスは悲嘆に暮れ、思い出にふけり、過去の逸話をわかちあおうとした。どの話も少女が家出するまえのものだった。お祭りの場にあったアーケードゲームのスキーボールで勝ち取った亀のぬいぐるみが、縫い目がほつれてしまうまで、デイジーにとってどれほど大事な獲得品だったかについてエリザベスはボッシュに語った。自宅近くの浸水したペカンの果樹園のなかをデイジーがゴム長靴で水を撥ね飛ばしていた様子をエリザベスはボッシュに語った。

悲しい話もあった。親友が引っ越して、デイジーをひとりきりにした話を彼女はボッシュにした。デイジーが父親を持たずに成長したことについてボッシュに伝えた。学校でのいじめと麻薬について。いいことも悪いことも、すべてひっくるめて、母と娘の両方にボッシュを近づけていき、ボッシュにとってデイジーはたんなるその死以上の大事な存在になり、事件を追及する際におのれを熱くしてくれる炎を燃やしつづけさせた。

ボッシュはドアのまえで少しのあいだ佇(たたず)み、やがてうなずいた。

「おやすみ、エリザベス。あしたまた」

「おやすみ、ハリー」

ボッシュは室内に入り、エリザベスが朝に会おうと言わなかったことを心に留めた。キッチンで立ち止まったが、たんに膝に当てるために、ジップロックの袋に水を入れただけだった。彼女のスーツケースを彼女が使っている部屋に置くと、自分の寝室に向かい、ドアを閉めた。服を脱ぎ捨て、お湯がなくなるまで長いシャワーを浴びた。そのあと、青い格子柄のボクサーショーツと白いTシャツに着替え、氷嚢(ひょうのう)を押さえておくため膝に巻くACEの包帯を薬戸棚から取りだした。

携帯電話を充電器に差し、ハリウッド分署に向かって丘を下り、バラードのシフトが終わるまえに何時間か、シェイク・カードの作業をいっしょにできるよう、目覚ましを午前四時にセットした。そののち、明かりを消し、恐る恐るベッドに潜りこみ、頭の下に枕を一個置いて仰向けになった。もう一個の枕は膝の下にあてがい、それでわずかに膝関節が曲がることで、鈍くつづく痛みを和らげられた。

それでも、氷は不快で、なかなか眠れなかったが、やがて膝の痛みの感覚は眠れるくらいまで鈍くなったと思った。ボッシュはＡＣＥの包帯をほどき、氷嚢が漏れた場合に備えてベッドの横に置いてある空のシャンパン・バケツに氷嚢を入れた。

まもなくしてボッシュは眠り、軽く鼾をかいていたが、寝室のドアがひらく音に目を覚ました。一瞬体を強ばらせたが、戸口に浮かぶ女性のシルエットを見た。廊下から入る斜めの光に体の輪郭が照らされていた。エリザベスだった。彼女は裸だった。彼女はベッドまで来て、ボッシュの体を覆っているシーツの下に潜りこみ、ボッシュの腰にまたがった。彼女はまえに体を倒し、ボッシュがなにか言う暇を与えずにその口に激しくキスをした。自分は年寄りであり、応じられないかもしれない点をエリザベスに思いださせるだけでなく、自分がその死亡事件を捜査している娘の母親と関係を結ぶことの適切さを話し合う暇もなく。

エリザベスはボッシュの口を捕らえたまま、そっと自分の腰を揺らしはじめた。ボッシュは彼女の温もりが自分に当たるのを感じ、反応した。すぐにエリザベスは手を伸ばして、ボッシュのショーツを押し下げた。ボッシュの膝はもはや無感覚ではなくなっていたが、仮にそこに痛みがあったとしても、ボッシュはそれを感じていなかった。エリザベスが動きを先導し、自分のなかにボッシュを誘った。彼女の腰は一定のリズムで動き、両手をボッシュの肩に置いて、のけぞった。シーツが横にずれ落ちた。ボッシュは淡い光のなかで彼女を見上げた。彼女の首はうしろにのけぞっており、まるで天井を見上げているかのようだった。彼女は黙っていた。乳房がボッシュの上で揺れていた。ボッシュは自分の手を彼女の腰に持っていき、自分のリズムを彼女のリズムに合わせるようにした。

　どちらも口をひらかず、どちらも深い吐息のほかは、音を立てなかった。最初、ボッシュは彼女の腰がブルブルと揺れるのを感じ、そのすぐあと、ボッシュは絶頂に達し、彼女を引き寄せて抱擁した。自分自身の肉体があらゆるほかの瞬間——あらゆる恐怖、あらゆる悲しみ——を取り除き、喜びだけを残すひとつの瞬間を作りだした。希望だけを。ときには愛だけを。

　どちらも動かなかった。おたがい、この脆い白日夢が瞬きひとつで壊れてしまうかもしれないと思っているかのように。すると、彼女が顔をボッシュの首筋に深く押しつけてきて、ボッシュの肩にキスをした。ふたりは境界線を引いていた。ボッシュは自分のところに滞在するよう彼女を招くのはこういうことが目的ではないと伝え、彼女は、けっしてそんなことにならないだろう、と言った。なぜなら、自分自身のそういう部分を失ってしまったから――人とつながる能力を。

だが、いまここでふたりはつながっていた。ボッシュはこれが彼女なりのさよならなんだろうか、と思った。もし彼女があしたいなくなるとしたら。

ボッシュは彼女の背中に手を置き、親指と人指し指を尺取り虫のように彼女の背骨に沿って動かした。クスクスとくぐもった笑い声が聞こえた気がした。もしそうだとしたら、以前には一度も聞いたことがないものだった。

「いかないでほしい」ボッシュはささやいた。「たとえこういうことが二度と起こらないとしても。たとえこれが過ちだとしても。いかないでくれ。まだ」

彼女は体を起こし、暗闇のなかでボッシュを見た。彼女の黒い瞳にわずかな光があるのをボッシュは見て取った。彼女の乳房が自分の胸に当たっているのが感じられた。彼女はボッシュにキスをした。彼女がはじめたときのような長い、情熱的なキスとは異なっていた。唇への一瞬のキスで、そののち、彼女は下に降りた。

「それってシャンパン・バケツ？」エリザベスが訊いた。「あたしが来るのを知ってたの？」

「いや」ボッシュはあわてて言った。「つまり、たしかにシャンパン・バケツだが、膝の氷嚢用に使っているんだ」

「あら」

「今夜はここにいてくれないか？」

「だめ、自分のベッドが好きなの。おやすみなさい、ハリー」

エリザベスはドアに向かった。

「おやすみ」ボッシュはささやいた。

彼女はうしろ手にドアを閉めた。ボッシュは暗闇のなかでドアを長いあいだ見つめていた。

BALLARD

20

午前一時、バラードは、住居侵入と重窃盗の容疑でシオドア・ベクテルを逮捕、勾留する手続きに伴う書類を完成させるまえに、正規のシフトに入っていた。分署の独房にベクテルの身柄が確保されたあと、バラードは駐車場を通り抜け、倉庫へいき、シェイク・カードの入った新しい箱を取ってきた。いったん刑事部屋に戻ると、奥の隅に腰を据え、すぐにティム・ファーマーが言う、ハリウッドのストリートを夜ごとさまよう人間回転草（タンブルウイード）についての報告書を掻きわけていった。

一時間後、さらなる検討と追跡調査が必要な六枚のカードをどけた。数百枚のカードは予選を通らなかった。ファーマーによって書かれたあらたなカードに出くわして、バラードの前進ペースが鈍った。ファーマーの言葉と考察がまたしてもバラードの心を捉えた。

この少年はストリート以外のことになにも詳しくない。もし台所が独立したワンルームのアパートに入れられたら、彼はクローゼットに潜りこんで、床で眠るだろう。彼は雨人間（レイン・ピープル）（フランシス・コッポラ監督作品 The Rain People『雨のなかの女』〈一九六九〉から）のひとりだ。

ファーマーの評価では、雨人間とは何者なんだろう、とバラードは思った。社会に溶けこめない人々のことだろうか？　雨を必要としている人々のことか？

ローヴァーが甲高い音を立て、マンロー警部補がバラードを当直オフィスに呼びつけた。バラードは遠回りをし、分署奥の廊下を通ってから、正面の廊下に向かった。そうすることで、分署内にだれがいるのか確認し、うまくいけばマンローと話すまえにいま起こっていることの気配を感じ取れるかもしれなかった。

だが、分署はたいていの夜と同様、無人だった。マンローは机の向こうに立ち、展開画面を見おろしていた。現場に出ている車両と人員の居場所を示しているものだ。マンローはバラードが部屋に入ってきても顔を起こさなかった。

「バラード、有名人がらみの事件だ。現場に向かい、指揮を執ってもらいたい」マンローは言った。

「どんな通報なんです？」バラードは訊いた。

「女性からの通報で、マウント・オリンパスにある家のバスルームに鍵をかけて閉じこもっているという。レイプされ、どうにか携帯電話を持って、バスルームにたどり着けたそうだ。犯人はまだそこにいて、ドアを破ろうとしているという。ふたつのユニットとひとりの巡査部長を派遣した。彼らが現場に到着したところ、犯人はだれだと思う？　ダニー・クソッタレ・モナハンだ。おたがいが違うことを主張している状況であり、きみに現場へいって判断を下してもらいたい」

「被害者はレイプ・センターに移送されたんですか？」

「いいや。彼女はまだ現場にいる。バスルームに閉じこもっているあいだにシャワーを浴びたそうだ」

「クソ。いずれにせよ移送すべきだったのに」

「彼女が被害者なのか、現場のパトロール警官たちは判断保留中なんだ、バラード。とにかく、そこへ出かけて、自分で確かめてほしい。こいつはきみの得意分野のはずだ」

「どういう意味です？」

「どういう意味かは、きみの好きなように解釈するがいい。現場にいってくれ。それからローヴァーを忘れないように」

マンローは画面越しに一枚の紙片をバラードに手渡した。そこには住所と、事案を通報してきた人物の名前と年齢が記されていた――クロエ・ランバート、二十二歳。

五分もしないうちに、バラードはシティ・カーに乗り、丘陵地区へ向かっていた。著名人がからむ事件をバラードは嫌っていた。決まって異なる現実が待ち受けているのだ。ダニー・モナハンは、ポッドキャストやケーブルTVの特別番組の出演によって、ここ五年間で大きくブレークしたスタンダップ・コメディアンであり、いまや主演映画が立て続けにヒットして、毎回着実に興行収入一億ドルを稼いでいた。三拍子揃った人物で、ハリウッドで大きな影響力を有していた。マウント・オリンパスとして知られているハリウッド・ヒルズの高級住宅街に暮らすのがふさわしいと思われていた。

バラードは青い標識灯を点灯し、サンセット大通りを猛スピードで進んで、クレセント・ハイツ大通りにたどり着き、そこで北に曲がって、ロウレル・キャニオンに向かった。マウント・オリンパスの住宅街は、峡谷の右肩前部を覆っており、平地の街明かりを見おろす大きな家が並んでいた。バラードはエレクトラ・ドライブにある住宅のドライブウェイに車を乗り入れ、パトカーの一台のうしろに停めた。

そのドライブウェイでドヴォレク巡査部長に出迎えられた。

「今夜は宇宙服はいらないぜ、サリー・ライド」ドヴォレクは言った。

「よかった」バラードは答えた。「なにが必要？」

「ソロモンの智慧(ちえ)だな。女のほうは、男がクソな乱暴者だと言い、男のほうは、#MeTooにかこつけてはめようとしていると言っている」

「どうして彼女をレイプ処置センター(RTC)に連れていかなかったの、スタン？」

ドヴォレクはバラードを落ち着かせるように両手をあげた。

「ちょっと待って、待ってくれ。おれがその通報をしたくなかったのは、もし女が搬送されると、事件番号が付けられることになり、この男の人生とキャリアが台なしになってしまうからだ」

そうした男性優先のバイアスはバラードにはショックなことではなかった。だが、いまはドヴォレクをその件で咎めるときではなかった。

「わかった、ふたりはどこにいる？」バラードは訊いた。

「モナハンはホームオフィスでぬくぬくと快適に座らせている。女の子のほうは……」

「女の子？」

「女性。なんとでも言うがいいさ。彼女のほうは、家の反対側にあるホームシアターにいる。寝室にあるものにはだれもいっさい触れていないし、あるいは容疑者とも話していない」

「まあ、その点はちゃんとやったね。まず、女性のほうと話す。案内して」

ドヴォレクは異なるサイズの円形の建造物を合体させたかのような巨大な住宅を先導した。中央のサークルがもっとも高さがあった。そこへの進入路は、少なくとも二階分の高さがあった。

「彼女はこっちだ」ドヴォレクが言った。

ふたりは巨大な娯楽エリアを通り抜けた。一方のコーナーには小さなステージとマイクがあり、そこでモナハンはスタンダップの定番演し物を練習したり、招待客や家族のためにパフォーマンスをしたりするのだろう、とバラードは推測した。そののち、ふたりは廊下に入り、その先のあいたドアに向かった。ジーナ・ガードナーという名の制服警官が見張りに立っていた。

「G・G」バラードは通りしなに声をかけた。

バラードは正面にカーテンのかかった大きなスクリーンのあるホームシアターに入った。贅沢な革張りのラウンジチェアが四列、全部で十二席あり、うしろにいくに従って段階的に高くなっていた。モナハンの映画のポスターが、英語版だけでなくさまざまな外国語版も合わせて壁に並んでいる。

ラウンジチェアの一脚の端に座っている若い女性は、男性用のバスローブを着ていた。鹿のような大きな目をしたブロンドの女性だった。頬には化粧が流れた跡があった。涙とともに顔を流れていったのだ。

ドヴォレクは被害者を紹介してから、後退し、廊下にいるガードナーと合流した。

バラードは片手を差しだした。

「クロエ、わたしは刑事のバラード。あなたの話をうかがい、あなたに必要な処置をどんなものであれかならず受けさせるためにここに来たの」

「あたしは家に帰る必要があるだけなのに、帰してくれないの。あいつはまだこの家にいる。怖い」

「あなたは完全に安全です。この家には六名の警察官がおり、彼は反対側の部屋で身柄を押さえられています。あなたから基本的な情報をいくつかお聞きしたいだけです。それからあなたを診察と治療にお連れします。あなたの供述を記録しますが、いいですね？」

「オーケイ」

バラードはクロエのラウンジチェアの隣にあるおなじラウンジチェアの端に腰かけ、ふたりのあいだに、いつも携行している小型デジタル・レコーダーを置いた。いったん記録をはじめると、バラードは自分と被害者の身元を明らかにしてから、この聴取の日付と時刻と場所を口にした。

「クロエ、いつからダニー・モナハンと知り合いなの？」

「今夜、はじめて会った」

「それはどこだった？」

「コメディ・ルームで。友だちのアイシャといっしょに出かけたら、彼が出演していたの。スタンダップ・コメディをやってた。それから、奥のバーで彼と会ったの。彼がここに来るよう招待してくれた」

「アイシャはどうなったの？」

「いえ、あたしだけ」

「自分の車でここまで来た？」

「いえ、ウーバーを呼んだの。つまり、コメディ・ルームまでは。彼が車であたしをここに連れてきた」

「それがどんな種類の車だったのか覚えている？」

「マセラティだったけど、どんな型なのかということは知らない」

「それはかまわない。で、あなたはここに招かれて来た。無理強いされたのではない」

「ないし、彼とセックスもした。あたしがしたかったから。だけど、そのあとで、あいつは……ああ、ものすごく恥ずかしい……」

クロエは泣きだした。

「いいのよ、クロエ。起こったことはなにもあなたが悪いんじゃない。なにも恥ずかしく思うことはないのよ。あなたは——」

「あいつはあたしを転がし、あたしのお尻をレイプしたの。やめてって言ったのに、やめてくれなかった。あたしは嫌だと言ったの。何度も嫌だと言ったのにやめてくれなかった」

クロエは早口でしゃべった。あたかもこれが発言できる唯一の機会であるかのように。

「怪我をしたの、クロエ?」

「ええ、出血している」

「わかった、これからする質問について先に謝っておくけど、訊かなきゃいけないことなので。あなたはダニー・モナハンとのあいだでおこなわれたよりまえにアナル・セックスをしたことがある?」

「いいえ、一度もない。汚らわしいことだと思ってる」

「わかった、クロエ。とりあえず、ここまでにしましょう。うちの人間にあなたをレイプ処置センターに連れていかせる。そこで生物学的証拠を探し、あなたの怪我の処置をしてもらう。センターでは、カウンセリングについて、ここからどんなステップをたどるのかについて、話してもらえるけど」

「あたしは家に帰りたいだけ」

「わかる。だけど、これは捜査において必要なことなの。わたしたちはこれをしなければならない。オーケイ？」

「オーケイ、と思う」

「オーケイ、ここで待っていて。ガードナー巡査がつねにドアの外にいるから。わたしはすぐに戻ってくるね」

バラードがドアから外へ出ると、ドヴォレクはいなくなっていた。ガードナーが首を振って合図し、ふたりはクロエに話を聞かれずに相談できるよう、廊下の先へ進んだ。ガードナーはこの仕事に就いて十年経っており、その間、ずっとハリウッド分署勤務だった。小柄で、黒髪をうしろで縛っていた。

「あの子は自分の携帯電話を持っている」ガードナーが言った。「だれかに電話をかけて、小声で話しているのが聞こえたの」

「なるほど」バラードは言った。

「ここだけの話だけど、『あいつは金を払うよ。あたしはお金持ちになる』と言っているのが聞こえたんだ」

バラードはガードナーの制服に取り付けられているボディー・カメラを指し示した。

「そのカメラに撮られていたと思う？」

「わからないけど、ひょっとしたらされているかも」

「シフト終わりにそのビデオ・ファイルをわたしに届けるようにして。報告書も書いてほしい。ほかになにかある？」

「いえ、いまのところはそれだけ」

「ありがと」

「どういたしまして」

ドヴォレクが娯楽エリアにいるのを見つけ、寝室に連れていってもらうよう、バラードは頼んだ。

そこは広い円形の部屋で、円形のベッドがあり、その上の天井に円形の鏡が付いていた。バラードは両手をポケットに入れたまま、ベッドに身を乗りだし、たくさんのシーツと枕を見おろした。証拠を構成するかもしれない血液や、それ以外のなにも見当たらなかった。バスルームに入る。中央に置かれた大きな円形のジャクージが特徴だった。白いタイル張りの大きなシャワー・ブースを調べたが、血やほかの証拠は見当たらなかった。トイレの隣にあるクズ籠のなかに血がついたティッシュペーパーを丸めたものがひとつ目に入った。

「オーケイ、鑑識班を出動させ、あらゆるものを回収してもらおう」バラードは言った。「容疑者とわたしが話しているあいだにその連絡をしてもらえる？」

「了解」ドヴォレクは言った。「まず、あいつのところに案内しよう」

ダニー・モナハンは、注目すべきだとバラードが思った机の向こうに腰を下ろしていた。なぜならその机は大きくもなく、円形でもなかったからだ。古く、傷だらけの机であり、このスタンダップ・コメディの天才がその向こうに座っていると、感傷的な価値が上がるだろうな、とバラードは思った。

「この机に気がついたかい？」モナハンは訊いた。「おれは、昔は学校の教師だったんだ。それを知っている人間は多くない」

モナハンは三十代なかばで、成功による太鼓腹になっており、赤毛を長すぎるほど伸ばして手を入れすぎたヘアスタイルをしていた。ベッドから転がり降りて、両手で髪を梳いただけに見えるよう、カットしていた。自分の見た目を気にしているが、気にしていないように見せようとしているタイプだ。

バラードは机に関する打ち明け話を無視した。

「モナハンさん、わたしは刑事のバラードです。だれかあなたに権利を読み上げましたか？」

「おれの権利？　いや。いいかい、こいつは強請だ。あの女は金が欲しいんだ。骨までしゃぶってやる、とおれに言ったんだぞ」

バラードはモナハンにデジタル・レコーダーを示してから、起動させた。それからミランダ権利を読み上げ、モナハンに中身を理解したか、と訊ねた。

「いいか、多少手荒だったかもしれないが、あの女が望まなかったことはいっさいやってないんだ」モナハンは言った。

「モナハンさん」バラードは念押しした。「わたしに話をして、なにがあったのか説明したいというなら、あなたはわたしがいまあなたに告知した権利を理解していることを認める必要があります。もしそうでないなら、ここで話は済み、あなたは逮捕されます」

「逮捕だって？　そいつはクソッタレに馬鹿げているぞ。完全に合意の上おこなわれたんだ」

バラードはほんの少し口をつぐんでから、ふたたび冷静に、ゆっくりと話をした。

「これで最後です」バラードは言った。「あなたは説明を受けたご自分の権利を理解していますか？」

「ああ、おれは自分の権利を理解している」モナハンは言った。「これで満足かい？」

「今夜あなたの自宅であるここで起こったことについて、わたしに話をしたいですか？」

「もちろん、話すさ。なぜなら、なにもかもデタラメだからだ。詐欺だ——あの女は金が欲しいんだよ、刑事さん。それがわからないかい？」

バラードはレコーダーをモナハンの古い教師机に置いた。再度、バラードは時刻と場所だけではなく、モナハンの氏名と彼が供述録音に同意した旨を口にした。

「なにがあったのか話して下さい。これはあなたが弁明するチャンスです」

モナハンは、夕食になにを食べたのか語るかのように淡々と話した。

「今晩、クラブであの女と会い、家に連れ帰って、ファックした。それが起こったことだ。おれがいつもやっていることだ。だが、今回、あいつは起き上がって、バスルームに駆けこみ、ドアをロックして、レイプされたと叫びだした」

「バスルームへ通じるドアを破ろうとしましたか？」

「いいや」

「セックスの件に戻りましょう。彼女はノーと言ったことが、あるいはあなたにやめるよう言ったことが一度でもありましたか？」

「いや、あの女はケツを突きだして、やってちょうだい、と言ったんだ。それ以外のどんな言い草も嘘だ」

マンロー警部補が警告したように、またロス市警に通報される数多くのレイプ事件がそうであるように、古典的なおたがいが違うことを主張している状況だった。だが、バラードはクズ籠のなかで血を目にしており、そのことがクロエの側に有利にはたらくだろうとわかっていた。レイプ処置センターでの検査の結果も、もし被害者の傷が数値化できるものであるなら、証拠となりうるだろう。クズ籠の血は、そういう結果が出るのを示唆しているようだった。

セレブの街でセレブを逮捕するのは、危険なビジネスだった。事件は大規模な注目を集め、訴えられたほうは、えりすぐりの法律チームを雇うのが普通だった。弁護側はバラードの生活とキャリアに深く潜ってくるだろう。法廷で証言席につき、市警でセクシャル・ハラスメントの訴えをした人間としての過去の経歴が持ちだされ、女性に好意的な見方をする偏見の持ち主であるとのレッテルを貼るのに利用される可能性が高いことがはっきりわかっていた。

いまこの時点で手を引けるだろう、とわかった。セレブが関与しているためこの捜査をダウンタウンの本部案件にする資格が充分にあるだろう。新しく組織されたセクシャル・ハラスメント特捜班の出動が命じられるだろう。だが、バラードは、警察組織の動き方で、ほかの女性たちが危機に陥りかねないのもわかっていた。ここで責任を押しつければ、のんびり順を追った捜査がおこなわれ、その間、モナハンは逮捕されず、あるいはどのような形でもいまの生活と日常のルーティンから引き離されずに済むだろう。事件が訴追のため地区検事局に送られるまで何週間もかかるかもしれない。

だが、モナハンは、たったいま、こういうことを頻繁におこなっていると言った――平地のコメディ・クラブから女性を連れこんでいる、と。クロエにしたことを、彼が丸い寝室に連れこんだすべての女性にしていたのだろうか？　バラードは、キャリアの心配や市警の手順を理由に行動することで、ほかの女性たちが被害者になるかもしれないというリスクを冒せなかった。

バラードはドヴォレクを廊下から入ってくるように呼ぶと、モナハンに向き直った。

「モナハンさん、立って下さい」バラードは言った。「あなたを逮捕します、容疑は――」

「待った、待った、待った！」モナハンは叫んだ。「わかった、わかった。いいかい、こんなことやりたくなかったんだが、レイプがなかったことをおれは証明できるんだ。証明させてくれ。逮捕はない。請け合う」

バラードは一瞬モナハンを見てから、ドヴォレクにちらっと視線を走らせた。

「五分あげましょう」バラードは言った。

「おれの寝室にいく必要がある」モナハンは言った。

「そこは事件現場です」

「いや、事件現場じゃない。おれは全部をビデオに録っているんだ。それを見たらわかってもらえる。レイプはないんだ」

バラードはなにが起ころうとしているのか気づいてしかるべきだったと悟った。天井の鏡。モナハンは窃視者だった。

「いきましょう」バラードは言った。

モナハンは警察一行を寝室に案内しながら、途中、自分の弁明をした。

「ほら、あんたがなにを考えているかわかってる。だけど、おれは変態じゃない」モナハンは言った。「だけど、去年、#MeTooの一件がはじまってから、おれは身を守る手段が必要だと思ったんだ、わかるだろ?」

「カメラを仕掛けたんですね」バラードは言った。

「そのとおり。いつかこういうことになるかもしれないとわかってたんだ。見るためにやってるんじゃない――そういうのは病的だ。たんに身を守る必要があったんだ」

寝室に入ると、モナハンはベッドの隣にあるスタンドに置かれたリモコンのところへいき、壁のカーブに沿った大きなスクリーンをオンにした。すぐにスクリーンは家の周囲に設置された防犯カメラからの十六の映像に切り替わった。その四角いマスのひとつをハイライトして、拡大した。バラードはいまや、この室内の上からの映像を見ていた。自分とドヴォレクとモナハンの姿も映っていた。バラードは、顔の向きを変え、カメラのありかを探ろうとして、ベッドの頭に近い壁にかかった絵画の額縁に焦点を合わせた。

「さて、巻き戻そう」モナハンが言った。

バラードは振り返った。二分後、三人は、モナハンとクロエ・ランバートがベッドの上でセックスをしている様子を見つめていた。音声はなく、ありがたいことに広角レンズで撮影されていた。画面上の行動は引き伸ばせるだろうとバラードは推測していたが、明らかに合意の上での性交であるのを確認するのにその必要はなかった。

「これはおれたちがやった一回目だ」モナハンは言った。「そのあと、少し眠ったんだ。メインイベントまで早送りしようか？」

「そうして」バラードは言った。

モナハンは第二ラウンドのセックスがはじまるまで早送りし、今回、ランバートのボディーランゲージとポーズから、第二ラウンドと、アナル・セックスという特別な行為をはじめたのは彼女であることが明らかだった。それが終わると、彼女は落ち着いてバスルームに向かい、ドアを閉めた。

モナハンは再生画面を早送りしはじめた。

「で、ここでおれはあの女が携帯電話で警官を呼んでいるのを耳にしたんだ」

モナハンは通常の再生モードに切り換え、三人は、モナハンが裸でベッドから飛び降り、バスルームのドアに駆けていくのを見た。ランバートがかけている警察への通報の内容に聞き耳を立てているかのように、モナハンはドアの脇柱に頭を押しつけており、やがて拳の側面でドアを叩きはじめた。

「切っていいわ」バラードが言った。「この映像のコピーが必要になるでしょう」

「絶対にダメだ」モナハンが言った。「なぜ？」

「なぜなら、証拠だからです。虚偽通報をした廉で彼女を逮捕するつもりです」

「逮捕してもらいたくないな。あんたたちにあの女をここから追い払ってもらいたいだけだ。ことしやった女全員に、おれがテープに録っていたことを知られたいとおれが望んでいると思うか？　最初からこのことを話さなかった理由を察してくれ。おれはいっさい告発はしない。ただあの女をここから連れだしてくれ」

「モナハンさん、あなたが告発をしたくないかどうかは関係ないんです。彼女は警察に虚偽の通報をしたんです」

「だったら、おれは協力しないし、この郡の最高の弁護士を雇って、おれからビデオを入手するのをやめさせてやる。そんな戦いをしたいか？」

「いいですか、双方の当事者の同意なく、また知ることなく性的経験を録画したことであなたを告発できるんですよ」

モナハンは一瞬そこから発生する結果を計算してから、口をひらいた。

「あー、こんな決断は、あんたの俸給レベルを超えていると思わないか、刑事さん？」

「わたしから上司に連絡させたいんですか？　それとも、なんでもペラペラ、マスコミにリークするセクシャル・ハラスメント特捜班のほうがいいですか？　なんなら、市警本部長の自宅に連絡しましょうか？　食物連鎖上のあらゆる人間が、この件については、非常に道徳的になるはずです」

自分がいまミミズの詰まった缶をあけようとしているのを悟ったのがモナハンの顔に表れていた。

「すまん、おれが悪かった」モナハンは言った。「この件の一番いい対処方法を判断する能力をあんたは完璧に持っているだろう」

十分後、バラードはクロエ・ランバートが待っているホームシアターに戻った。寝室から集めた服をバラードはクロエのまえに落とした。

「服を着ていいわ」バラードは言った。

「どうなってるの？」ランバートが訊く。

「どうもなっていない。あなたは家に帰る。監獄にいかずに済んで幸運ね」

「監獄？　なんの理由で？」

「虚偽の通報をした理由で。あなたはレイプされていなかった、クロエ」

「どういうこと？　あいつは捕食者よ」

「そうかもしれないけど、それをいうならあなたもおなじ。彼は全部ビデオに録っていたの。わたしはそれを見た。だから、演技をやめていいわ。服を着なさい。丘の下まで送ってあげる」

バラードは踵を返し、出ていこうとしたが、そこでためらい、また振り返った。

「いいこと、あなたのような女性が……」

バラードは言い終えなかった。クロエ・ランバートに言ってみたところで、わからないだろう、とバラードは思った。

21

バラードは憂鬱な気分だった。聴取したふたりのうちどちらが人間の形をしたもののなかでより嫌悪すべき例なのかわからぬまま、モナハン邸をあとにした。そしてどちらも今夜のそれぞれの行動の責任を取ることはないだろう。大義の裏切り者として、クロエに敵意を集中することに決めた。はるか昔からの人の営みのなかでのあらゆる高貴な行動や進歩に対して、あらゆることを一歩後退させる裏切り者がつねに存在する。

憂鬱を振り払おうとしながら、分署の通用口から入り、廊下を通って刑事部に向かった。シフトの終わりまでに片づけたかった職質カードが箱半分残っていた。腕時計を確認する。午前四時十五分。予定では、エレクトラ・ドライブへの出動に関する報告書を書き上げるつもりだった。バラードは、いっさい斟酌（しんしゃく）せずに、捜査に関わった関係者全員の名前を挙げ、それぞれの行動を説明するつもりだった。捜査はいまのところなんの成果も挙げていなかったとはいえ。バラードが報告書を刑事部の指揮官の未決箱に提出すれば、そこからはだれかほかの人間の判断になるだろう。セクシャル・ハラスメント特捜班までいくかもしれないし、地区検事局に起訴を検討させるところまでいくかもしれなかった。その過程で、マスコミに漏れるかもしれなかった。どういう結果になろうと、バラードは責任を転嫁しており、そのことが彼女のなかでしっくりこなかった。あのふたりとも別の犯罪を理由に現行犯逮捕することも可能だったが、そうした動きはバラードの行動が、彼女を嫌っている幹部あるいは望んでいない幹部によって、念入りに調べられ、訊問(じんもん)される結果を引き起こす可能性があった。なんらかの過失が見つかるかもしれず、そうなれば市警組織によって、さらに埋もれさせられ、バラードがもっとも必要としているもの——レイトショーでの仕事——から引き離されるかもしれなかった。

バラードは刑事部屋に入り、先ほど仕事の準備をしていた奥の隅へ向かった。そこへたどり着こうとしていると、ワークステーションの腰の高さほどの壁の向こうに見覚えのある巻き毛の白髪頭が見えた。ボッシュだ。

バラードがボッシュのところにいくと、彼はバラードが運びこんだ保管箱から最後の十センチ束のカードに目を通しているところだった。

「ということは、いつでも好きなときにここにすんなり入れてもらえるんだ」挨拶代わりにバラードは言った。

「正直言うと、今夜は自分に入れてもらったようなものだ」ボッシュは言った。「おれが辞めるとき、９９９キーを取り上げられなかった」

バラードはうなずいた。

「わたしは一本報告書を書かなければならない。提出するまでシェイク・カードを見られないでしょう」

「ここにあるのが手持ちの最後の束だ。出ていって、もう一箱持ってくる」

「わたしがいっしょにいったほうがいい。腰を落ち着けて報告書を書きはじめるまえに、取りにいきましょう。途中で洗礼者ヨハネに関する最新の情報を話すわ」

ふたりは分署のなかを通り、駐車場に通じる通用口から出た。バラードはムーンライト・ミッションを再訪し、マクマレンから聞いた話をボッシュにした。自分の直観では、マクマレンは犯人ではない、とバラードは言った。カレンダーにマクマレンが書きこんでいた人数と、バラードが見つけたデイジーの写真について、ボッシュに話した。

「では、実際にはきみはマクマレンと被害者との接点を見つけた」ボッシュは言った。「マクマレンはデイジーを知っていた」

「マクマレンは殺人事件の数ヵ月まえにデイジーに洗礼をおこなっていた」バラードは言った。「デイジーは夜の住人であり、マクマレンは夜にハリウッドをうろついて、救済する魂を探していた。ふたりが出くわさなかったらそっちのほうが驚き。あいかわらず、なにかがあったとは思っていないし、マクマレンのヴァンのアリバイをつかめるかもしれないと考えている」

バラードはくだんのヴァンが拉致と殺人の夜に自動車整備工場にあったことをボッシュに話した。

「マクマレンはそのときの情報を調べ、整備工場についてショートメッセージを送ってきた」バラードは言った。「朝になって整備工場があき次第、デイジーが連れ去られたときにヴァンがそこにあったことを確認できるかどうか、試してみるつもり。もしそれが確かめられたら、洗礼者ヨハネから離れられると思う」

ボッシュはなにも言わず、伝道師を容疑者リストから消せるかどうか、まだ決めかねている様子だった。

「で、そっちの捜索令状の事件はどうなったの？」バラードが訊いた。

「道半ばだな」ボッシュは言った。「捜していた銃弾は見つけたが、条痕比較をできるような状態じゃなかった。その後、おれの情報源がアルハンブラで死んでいるのが見つかった」

「ああ、なんてこと！　それは関係しているの？」

「関係しているようだ。コルテス配下のギャングによって殺された。ロス市警のSWATが昨夜、シルマーで銃撃犯を逮捕した。おれが出てきたときには、そいつはまだ黙秘をつづけていたが、未解決事件の容疑者と緊密な関係だったことが知られている。古い捜査の埃を払うと、ときどき悪いことが起こるものだ」

バラードは駐車場の薄暗い光のなかでボッシュを見た。いまの話はデイジー・クレイトン事件に関するなんらかの警告だろうか、とバラードは思った。

保管施設までの残りの道をふたりは黙って歩いた。いったんそこへ着くと、職質カードの箱をそれぞれひとつずつ持って、分署へ引き返した。バラードは立ち去るまえに振り返り、廊下にある箱の量を目分量で測った。ようやく半分ほど処理できていた。

駐車場を横切って戻る途中で、ボッシュはひと休みして、パトカーのトランクに自分の持ってきた箱を置いた。

「膝が悪いんだ」ボッシュは説明した。「痛みだすと鍼を打ってる。その時間がなかったんだ」

「近ごろでは、膝の人工関節は本物よりいいと聞いてるよ」バラードは言った。

「心に留めておく。だが、手術を受ければ、おれはしばらくゲームから遠ざかることになる。二度と戻ってこられないかもしれない」

ボッシュは箱を持ち上げ、歩きだした。

「考えていたことがある」ボッシュは言った。「GRASPというプログラムを覚えているだろ――その当時、ここにいたかい？」

「わたしはパトロール警官だった」バラードは言った。「『犯罪をGRASP（つかまえろ）』――覚えている。人目を惹くためのPR活動だった」

「まあ、そうだな。だが、デイジーが拉致されたとき、その活動はまだ強力におこなわれていたはずだ。プログラムで集めたデータはどうなったんだろう、と考えていた。まだどこかにあるのなら、殺人事件発生時のハリウッドの状況について、違う角度からの見方を手に入れられるかもしれない、と思った」

GRASPは、市警を牛耳っていた前任の市警本部長によっておこなわれたまさに広報策略で、どのように人や施設が攻撃目標になるかを判断するのに役立つよう、地理学を通して犯罪を研究するという、法執行機関シンクタンクのアイデアを大げさに宣伝した。市警によって大々的なファンファーレとともに明らかにされたが、数年後、新しいアイデアを持つ新しい本部長がやってくると、静かに死を迎えた。

「GRASPというのがなにを表していたのか覚えていないな」バラードは言った。

「わたしはパシフィック分署のパトロール隊にいて、MDCを使って書式を埋めたのを覚えている。ジオグラフィックなんたらかんたら」

「ジオグラフィック・レポーティング・アンド・セイフティー・プログラム（地理的報告および安全性プログラム）だ」ボッシュは言った。「ＡＳＳ局の連中が、それに関しては、ずいぶん残業して決めた」

「尻局（アス）？」

「頭字語選定部門局（アクロニム・セレクション・セクション）。聞いたことないか？　そこには常勤職員が十名ほどいるんだ」

バラードは片方の膝を上げ、片手で太ももの上に箱を支え持ち、カードキーで分署のドアをあけながら、笑い声を上げはじめた。バラードは尻でドアをあけると、ボッシュを先に入らせた。

ふたりは廊下を歩いていった。

「ＧＲＡＳＰファイルを調べてみる」バラードは言った。「ＡＳＳ局からはじめて」

「なにか見つかったら教えてくれ」

ワークステーションに戻ると、バラードは自分のいた場所に青いバインダーが置かれているのに気づいた。それをひらいてみる。

「これはなに？」バラードは訊いた。

「再捜査のために新しい殺人事件調書を作成しだした、と話しただろ」ボッシュは言った。「これにきみの捜査した内容も付け足したいんじゃないか、と思った。時系列記録を付けるとか。この調書はきみが持っておくべきだと思う」

現時点ではバインダーには数本の報告書が入っているだけだった。一本は、デイジー・クレイトンの死体が詰めこまれていたと思われる容器に関して、アメリカン・ストレージ・プロダクツ社の販売責任者に聴取した内容の要約だった。

「いいわね」バラードは言った。「手持ちの情報を全部プリントアウトしてここに入れるわ。オンラインで時系列記録をすでに作成しはじめている」

バラードがバインダーを閉じると、それが古く、青いプラスチックが色褪せているのに気づいた。ボッシュは古い殺人事件調書を使い回しており、それはバラードには驚きではなかった。ボッシュは自宅にいくつか古い事件の記録を置いているのだろう、とバラードは推測した。彼はそのたぐいの刑事だった。

「この殺人事件調書にもともと入っていた事件は、解決したの?」バラードは訊いた。

「ああ、解決した」ボッシュは答えた。

「よかった」バラードは言った。

ふたりは作業に戻った。今回のシフトでは、もう出動要請はバラードに来なかった。バラードは報告書作成を終え、提出すると、職質カードを調べるボッシュに加わった。夜明けまでに保管施設から運んできた二箱を調べ終えた。五十枚余りのカードが、見直す必要がある束に加えられたが、ただちに行動を取る必要があるレベルまで達したものはなかった。カードを調べながら、ふたりは話をした。ボッシュは一九九〇年代のハリウッド分署殺人課勤務時の話をバラードにした。ボッシュが、あるいは何度かの機会ではマスコミが、ボッシュの担当した事件の多くに名前をつけていたことにバラードは気づいた――スーツケースの女事件、両手がない男事件、ドールメイカー事件などなど。まるでその当時の殺人事件がイベントだったかのようだった。現在では、新しいものはなにもなく、心を震わせるものもなにもなかった。

バラードは、殺人事件調書とともに、どけておくカードの二束をひとつにまとめた。

「これをわたしのロッカーにしまってから、自動車整備工場にいく」バラードは言った。「いっしょにいきたい？　つまり、整備工場に？」

「いや」ボッシュは言った。「つまり、いきたいのは山々なんだが、ヴァレー地区へ戻って、いまとりかかっている事件の状況を確認したほうがよさそうなんだ。ひょっとしたら、途中で膝に鍼を打ってもらえるかどうか確かめるつもりだ」

「じゃあ、あとで状況を確認しましょう。手に入れた情報を連絡する」

「いい計画だ」

22

バラードは分署を出たあと、ラテを買いに店に立ち寄った。それを待っているあいだ、きょうは終日オフだというショートメッセージをアーロンから受けた。アーロンが離岸流から抜けださせた男性は助からず、アーロンはそれに対処するための〝治療としての休日〟を与えられたのだろう、とバラードは解釈した。バラードは、折り返し返事をし、ビーチに向かうまえに立ち寄る、と答えた。

ゾカロ自動車サービスに到着すると、車二台分の工場の扉はあいていた。バラードは自家用車のヴァンを運転していた。このあと分署に戻る予定がなかったからだ。あいている修理区画のひとつに男性がひとり立って、すでに油で汚れている手をボロで拭いながら、ボード用のラックを載せているフォード・トランジットを見きわめていた。バラードは車を降りると、すばやくバッジを示し、客かもしれないという考えを相手に抱かせなかった。

「オーナーか店長はいます？」バラードは訊いた。

「それはおれだ」男は言った。「両方を兼ねている。エフレム・ゾカロ」

彼は強い訛りがあった。

「ロス市警のバラード刑事です。ハリウッド分署の。ご協力いただきたいのです」

「なにをすればいい？」

「ある特定のヴァンがここで修理されたことを確認しようとしています――おそらくトランスミッション関係の修理を――九年まえに。そんなことは可能ですか？　二〇〇九年の記録を保存していますか？」

「ああ、記録を残しているよ。だけど、そいつはずいぶん昔の話だな」

「コンピュータの記録があるんですか？　名前を入れれば検索できるような？」

「いや、いや、コンピュータじゃない。ファイルがある。残しているんだ、ほら……ここでは書類を残している」

あまり洗練されているようには聞こえなかったが、バラードが気にしているのは、なんらかの記録が残っているかということだった。

「ここにありますか？」バラードは訊いた。「見せていただけます？　名前と日付はわかっています」

「ああ、いいとも。奥に置いてある」

男は修理区画と隣接する小さなオフィスにバラードを案内した。ふたりは車の下の溝(トレンチ)のなかで作業しているひとりの男の横を通り過ぎた。職人がトランスミッションカバーのボルトを外そうとするドリルの甲高い音が響いていた。バラードがゾカロのあとについてオフィスに向かうと、男は不審そうな面持ちでバラードを見た。

オフィスは机と椅子、そして引き出し四段のファイル・キャビネット三つがかろうじて収まるほどの広さだった。個々の引き出しには、枠付きのカード受けがあり、年が手書きされていた。ならば、ゾカロは十二年まえに遡る記録を保持しているという意味であり、バラードに期待を抱かせた。

「二〇〇九年だったっけ?」ゾカロが訊いた。

「はい」バラードは答えた。

ゾカロは引き出しを指で上下にたどり、二〇〇九と記された引き出しを見つけた。年を表すラベルは、明確な時系列順ではなく、毎年、ゾカロは一番古い記録を捨て、空いた引き出しに新しい年の記録を入れていくのだろう、とバラードは推測した。

二〇〇九年の引き出しは中央のキャビネットの二段目だった。ゾカロは、あたかもその引き出しがバラードの処理しなければならないすべてだと言うかのように、開いた手をその引き出しに向かって振った。

「順番を乱したりしませんよ」バラードは言った。

「気にしないでくれ」ゾカロは言った。「その机を使っていい」

ゾカロはその場にバラードを残し、工場に戻っていった。バラードはゾカロがスペイン語でなにかもうひとりの従業員に言っているのが聞こえたが、ふたりがあまりに早口でしゃべっているので、会話を聞き取れなかった。だが、移民（ミグラ）という単語が聞こえ、工場のトレンチにいる男性は、バラードが移民局の人間だと心配しているのだ、と勘でわかった。

バラードがそのファイル用引き出しをあけたところ、奥の板にてんでばらばらに寄りかかっている領収書類が三分の一しか入っていなかった。バラードは両手を伸ばし、領収書のおよそ半分を取りだして、机まで運んだ。

机の天板が全部、古くなった油で被覆されたかのように見えた。どうやらゾカロは、修理作業からオフィスワークに移動する際、手を洗わないようだった。バラードが目を通しはじめた請求書の写しの多くは、油で汚れていた。

請求書はだいたい日付順に保管されており、洗礼者ヨハネのヴァンのアリバイを確認する作業は、すばやく進んだ。問題の週に直接飛び、すぐにジョン・マクマレンという名で登録されて、そこにムーンライト・ミッションの住所が記されているフォード・エコノラインに新しいトランスミッションを据え付ける代金の請求書の写しが見つかった。バラードはその写しを入念に見て、ヴァンが整備工場にあった日付と、マクマレンのカレンダーの空白のマスが対応しており、デイジー・クレイトンが失踪し、死んで発見された二日間を含んでいるのを確認した。

バラードはオフィスのなかを見回した。複写機は見当たらない。マクマレンの請求書を残して、残りの束をファイル用引き出しに戻して閉めた。バラードはオフィスを出て、工場へ入った。ゾカロはもうひとりの男とともにトレンチに入っていた。バラードはふたりが下から作業している車の隣にしゃがみこみ、油で汚れた請求書を差しだした。

「ゾカロさん、これがわたしの探していたものです。これを持っていき、コピーを取ってもかまいませんか？　もし必要なら原本を返しにきます」

ゾカロは首を横に振った。

「それをとっておく必要なんてない」ゾカロは言った。「こんな時間が経てばだ。持っていってくれ。それでかまわん」

「ほんとですか？」

「わかりました、ありがとうございます。これがわたしの名刺です。なにかわたしが協力できることがあれば、電話をかけてきて下さい、いいですね？」

「シ、シ。ほんとだ」

バラードは名刺をトレンチのなかに差しだし、ゾカロがそれを受け取ると、名刺に油っぽい親指の指紋がすぐに付いた。

バラードは工場をあとにし、自分のヴァンの隣に立った。携帯電話を取りだし、ゾカロから預かった請求書の写真を撮った。そののちメッセージを付けて、写真をボッシュにメールした。

確認が取れた——洗礼者ヨハネのヴァンは、デイジーが拉致されたとき、整備工場にあった。彼は無実よ。

ボッシュはすぐには返事をしてこなかった。バラードはヴァンに乗り、ヴェニスを目指した。

午前中の西に向かう交通ラッシュにつかまり、ローラを預けている夜間ペットケア施設に到着するまで一時間近くかかった。犬を連れて、アボット・キニー周辺を巡る短い散歩に出てから、バラードはヴァンに戻り運河まで車を進めた。ローラは助手席に胸を張った姿勢で座っていた。

運河近くの公共駐車場は、とても混んでいた。バラードは、アーロンを訪問するときによくやっていることをした。ヴェニス大通りにある市の駐車場に車を停め、デル・アヴェニューの運河沿いの住宅地まで歩いていった。アーロンはハウランド・カナルにあるメゾネット型タウンハウスの片側を別のライフガードとシェアしていた。反対側も、ライフガードたちが住んでいた。割り当てられる仕事が変わるたびにライフガードたちは出入りを繰り返し、一定の住人入れ替えがあるようだった。アーロンはその家に二年間おり、ヴェニス・ビーチで働くのを好んでいた。ほかのライフガードたちが、はるか北方のマリブに近い仕事に憧れている一方、アーロンは満足して留まっており、それゆえこの家でもっとも長く住んでいる住人であり、イルカの形をした郵便受けで有名だった。

バラードはアーロンがひとりで家にいるだろうとわかっていた。ライフガードたちは全員昼間の勤務時間帯に働いているからだ。イルカの郵便受けの頭を軽く叩くと、リードを付けたローラにゲートを通らせた。下の階の引き戸が、バラードのため、半分あいたままになっており、バラードはノックせずになかに入った。

アーロンは目をつむってカウチに横たわり、胸の上でテキーラのボトルのバランスを取っていた。ローラが乗っかって顔を舐めるとアーロンは驚いた。酒壜を落ちるまえにつかむ。

「大丈夫？」バラードは訊いた。

「いまは大丈夫だ」アーロンは答えた。

アーロンは上半身を起こし、バラードに会えて嬉しそうに笑みを浮かべた。彼はテキーラのボトルを差しだしたが、バラードは首を横に振った。

「二階に上がろう」アーロンは言った。

彼がどんな気持ちでいるのか、バラードは知っていた。どんな死の経験も——それが自分自身の危機一髪の経験であれ、他人の死に関わるものであれ——存在が消えていないことを肯定する、ある種、原初的な必要性が生じる。その肯定は、これまでで最高のセックスに変わりうる。

バラードは部屋の隅にあるドッグベッドをローラに指し示した。アーロンはピットブルを飼っていたが、一日オフだというのにペット預かり所に預けてきたようだった。ローラは言いつけどおり、丸いクッションに入りこみ、三度クルクルとまわってから、引き戸が見える角度で座りこんだ。ローラが見張りをしてくれるのだ。引き戸を閉める必要すらなかった。

バラードはカウチにのぼり、アーロンの手をつかむと、階段の方向へ彼を誘った。階段をのぼりながら、アーロンは話しはじめた。

「家族全員が揃ったあと、昨夜九時に生命維持装置が外された。おれはその場にいった。いかなければよかった気が少ししている。いい光景ではなかった。少なくとも、家族はおれを非難しなかった。おれは自分にできるかぎりの早さで彼にたどり着いたんだ」

バラードは寝室のドアにたどり着くとアーロンを黙らせた。

「もういい」バラードは言った。「ここではそのことを忘れて」

三十分後、ふたりは絡み合ったまま横になり、アーロンの寝室の床にいた。

「どうやってベッドから落ちたの？」バラードが訊いた。

「覚えてない」アーロンが答える。

アーロンは木の床に転がっているテキーラのボトルに手を伸ばしたが、バラードは足を使って手の届かないところにそれを押しのけた。これから言う話を彼に聞いてもらいたかったのだ。

「おい！」アーロンは怒ったふりをして、言った。

「父が溺れたという話をあなたに言ったことがあったっけ？」バラードは訊いた。

「わたしが子どものころに」

「いや、それは大変だったな」

アーロンは彼女を慰めようとそばに近づいた。バラードは体をひねり、壁を見た。

「ここで起こったのかい？」アーロンは訊いた。

「いいえ、ハワイで」バラードは言った。「そこにわたしたちは住んでいたの。父はサーフィンをしていた。遺体は見つからなかった」

「お気の毒に、レネイ。おれは――」

「ずいぶん昔の話。いいこと、わたしはずっと遺体が見つかればよかったのにと思っている。父がボードに乗って、海へ出ていっただけなのが、とても不思議なの。そして二度と戻ってこなかった」

長いあいだ、ふたりは黙っていた。

「とにかく、きのう、あの溺れた人といっしょにいて、そのことを考えていた」バラードは言った。「少なくともあなたは彼を連れ戻してくれた」

アーロン・ヘイズはうなずいた。

「そのときはさぞかしきみにとってつらかったにちがいない」アーロンは言った。「そのことをもっとまえに話してくれればよかったのに」

「どうして？」

「わからん。たんに……ほら、きみのお父さんがビーチで溺れたのに、きみはたいていビーチで寝ているじゃないか。きみとおれ、ライフガードであるおれといっしょに。これはどういう意味だろう?」

「わからない。考えたことがないな」

「きみのお母さんは再婚したのか?」

「いえ、母はそのとき近くにいなかった。長いこと知らなかったんだと思う」

「ああ、なんてこった。この話はますますひどいものになっていく」

アーロンはバラードの乳房のすぐ下に腕をまわした。彼女を自分の胸に引き寄せ、彼女の首のうしろにキスをした。

「あんなふうに物事が起こっていなければ、わたしはここにいてこんなことをしていないと思う」バラードは言った。「きっと」

バラードは脚を伸ばし、テキーラのボトルを引っかけ、滑らせてアーロンの手の届くところへ引き寄せた。

だが、アーロンはボトルに手を伸ばさなかった。じっとバラードを抱き締めていた。バラードはそれを気に入った。

BOSCH

23

ボッシュは署から一ブロック離れたところにある〈スターバックス〉でルルデスを待っていた。左脚を伸ばしていられる背の高いバー・テーブルに座っていた。チャン先生の施術を受けてきたばかりで、膝は二週間ぶりにいい感じになっていた。関節を曲げると、そのつかの間の安楽も中断させられるとわかっていた。歩くと否応（いやおう）なく膝を曲げることになるが、いまのところまっすぐ伸ばしていた。

ルルデスにはラテを、自分にはストレート・ブラックを用意していた。ボッシュが脚に鍼を打っているあいだに、ルルデスが事前の情報収集を済ませ、そのあと彼らは署から離れたところで会う約束をしていた。

ラテが冷めてしまうまえにルルデスはやってきた。

「膝の調子はどう？」ルルデスは訊いた。

「いまのところかなりいい」ボッシュは言った。「だけど、つづかない。けっしてつづかない」

「コルチゾン注射を射ったことはある？」

「いや、だけど、膝の取り替え手術以外だったら、なんでもやるつもりだ」

「お気の毒に、ハリー」

「なにも気の毒がることはない。なにが見つかった？」

昨夜、ボッシュとルルデスがシルマーで突き止めた家にロス市警のSWATが入りこみ、四名の男を逮捕した。いずれもサンフェル団の構成員で、そのなかのひとりはベッドに寝ており、腹部に銃創を負っていた。負傷した男は、カルロス・メヒア、三十八歳で、マーティン・ペレス銃撃の容疑者だった。ほかの三名は下っ端のギャングで、メヒアに付き添い、医者に連れていく仕事を割り当てられた可能性が高かった。四人全員がさまざまな銃と麻薬の不法所持だけでなく、保護観察処分違反で逮捕された。

メヒアはまだペレス殺害の罪で起訴されていなかった。現時点では、証拠が状況証拠にすぎなかったからだ——メヒアは銃で撃たれており、ペレス殺害犯も銃弾が当ったと思われていた。メヒアの腸下部を通っていった上向きの射線は、シャワー・ブースでの跳弾説によく合致していた。だが、それだけでは地区検事局に持っていくには足りなかった。銃弾はメヒアの腸から回収され、廃棄されていた。しかしながら、ペレスの事件現場を調べた鑑識チームは、シャワー・ブースに飛び散っていた血液がふたりの人間のものであると発見していた——ペレスと、おそらくは跳弾を受けた銃撃犯と思われる人間のもの。メヒアの血液と、シャワー・ブースで発見された血液のDNAが一致し、メヒアが殺人罪で起訴される可能性は高かった。メヒアは現在、郡拘置所の病棟に入っていて、DNA照合の依頼が特急で出されていた。

ルルデスがその日の朝に引き受けていた情報収集は、アンクル・マーダ事件の再捜査およびマーティン・ペレスが裏切ったことについて知っていた人間とメヒアとのありえたかもしれない結びつきに関するものだった。

「ほんとにこういうのは嫌だ」ルルデスが言った。「万が一、わたしたちが間違っていたとしたら?」

「おれたちが間違っていないのは確信している」ボッシュは言った。「なにを見つけた?」

ルルデスはつねに携行している小さな手帳をひらいた。

「話すよ」ルルデスはメモを見ながら言った。「いとことギャング情報班のほかのふたりと話をした。彼らの話によると、メヒアはエル・ブルホとして知られているサンフェル団の幹部だそうよ」

「なんだそれは、〝魔法使い〟？」

「どっちかというと〝ウィッチドクター〟に近い。だけど、それはどうでもいい。そのあだ名が付いたのは、たどり着けないと思われている人間を見つけて、たどり着くその能力によるものだという」

「まさに格好の例だ、ペレスにたどり着いた。だが、何者かがメヒアに話した」

「いまからその話をする。情報班の人間が言うには、メヒアは、ギャング団のなかに自前の派閥を実質的に持っており、トランキロ・コルテスとおなじ立場にいるんですって。だから、こんな具合になったんじゃないかな。エル・ブルホは、どういうわけか、ペレスが裏切ったのを耳にし、コルテスのため、始末しようと決めた。最終的に、コルテスはメヒアに借りができる」

「なるほどな。問題は、ペレスが裏切ったのをどうやってメヒアが聞きつけたかだ」

ルルデスはうなずき、つらそうな渋面をふたたびこしらえた。

「どうした？」ボッシュが訊いた。

「えーっと」ルルデスは言った。「情報班の人間がわたしに話しているとき、なかのひとりが、『エル・ブルホについては、きみの仲間のオスカーと話をしてみたほうがいいんじゃないか。あいつはやつの幼なじみだぞ』と言ったので、『オスカー・ルゾーンのこと?』と確かめようとしたら、『ああ、ルゾーンだ』と彼らは答えた。オスカーとメヒアはグリドリーのころから知り合いだったという話だった」

ボッシュはグリドリーが八番ストリートにある小学校だと知っていた。

「ということは、その関係がギャング・ブックに載っているんだ?」ボッシュは訊いた。

地元育ちのサンフェルナンド市警警察官と地元ギャングたちとの避けがたい結び付きゆえに、市警には〝ギャング・ブック〟という名で知られている、警察官がギャング組織の知り合いの名前を提出した台帳があった。もしそうした過去の繋がりが捜査や盗聴や街の噂で知られるようになった場合、警察官に対する疑惑を避けるのに役立っていた。ブックは、また、ギャング情報担当警官にとって、特定のギャング・メンバーをターゲットにしたい場合に情報源として役に立った。ブックのなかに繋がりがあれば、当該警察官が特定ギャング・メンバーとの意思疎通をはじめたり、あるいは偶然を装って出会うことまでしたりするのに使って役立てることができた。

「いいえ、ルゾーンはブックに名前を提出したことは一度もなかったという話だった」ルルデスは言った。「ギャング情報班の人間が知っていたのは、彼らが市内の学校のクラス写真を七〇年代に遡って持っていたというそれだけの理由だった。グリドリー小学校と、そのあとレイクヴューで、ルゾーンとメヒアがおなじクラスにいた写真を情報班は持っている。だけど、数年まえ、なぜそのことをブックに提出しなかったのか理由を問われて、オスカーは、メヒアとは知り合いでもなんでもなかったからだ、と答えている」

「連中はオスカーの言い分を信じたのか？」ボッシュは訊いた。

「まあ、受け入れた。問題は、わたしたちがそれを信じているかどうか」

「小学校から高校まで同級生だったというのに、ルゾーンはたがいに知り合いではなかったと言っているって？　いいや、おれはそんなことを信じないな」

ルルデスはうなずいた。彼女も信じていなかった。

「で、これをどうするの？」ルルデスは訊いた。

「オスカーと話をする必要がある」ボッシュは言った。

「それはわかってる、だけど、どうやって？」

「いまもオスカーは、机に向かって仕事をするときは銃を外しているだろうか？」

「そう思う」

ルゾーンと対峙するまえに武器を彼から引き離す必要があった。自分たちあるいは本人に危害をおよぼすリスクは避けたかった。

ルゾーンはマフィントップ体型をしていた。膨らみつづけているウエストのまわりにきつくベルトを締め、はみ出た贅肉が体のまわりをぐるっと取り巻いていた。その体型のせいで、ワークステーションで働くときには、椅子のアームで末端が尖っている武器を脇腹に叩きこまれたくなかったので拳銃を外していた。たいてい、ルゾーンは武器を机の最上段の引き出しに置いていた。

「オーケイ、銃を持たせずに外に出そう」ボッシュは言った。「そうしておいてから、問い詰めよう」

「でも、オスカーはオフィスを出る際にかならず銃を持っていくわ」ルルデスが言った。「そうしないと、規則違反になる」

「おれに会いに旧刑務所まで来させよう」

「それならうまくいくかも。ただ、理由が必要ね」

銃を持たずに署から通りを渡った向かいまで、ルゾーンを来させる方法を考えようとして、ふたりとも黙った。

まもなくしてふたりは二部構成の計画を考えだした。だが、それには市警本部長の協力が必要だった。これは抑止力のためではなかった。なぜなら、幹部職員に知らせずにルゾーンとどんな形でも対峙するのはできないとふたりはわかっていたからだ。ふたりはコーヒーを飲み終えると、署に歩いてもどり、まっすぐ本部長室に向かい、面会を求めた。

　バルデス本部長はボッシュとルルデスが話した内容に嬉しい顔をしなかったが、捜査を遂行しなければならないことには同意した。十七年まえ、ルゾーンが市警に入ったとき、指導警官だったため、よけいに本部長は苦しい思いをしていた。一時期、ふたりは親しい間柄だった。

「あいつは何人かのサンフェル団の人間と知り合いだ」バルデスは言った。「連中といっしょに育ったんだ。そしてそれは警察に有利に働いた。われわれは連中を呼び止め、話をするのがつねであり、ギャング対策チームに伝えるいい情報をつねに手に入れてきた」

「よろしいですか、本部長、われわれはオスカーを二重スパイであると咎めるつもりはありません」ボッシュは言った。「利用されたか、あるいは欺されたかもしれず、漏洩源ですらないかもしれないのです。そこはオスカーと話し合ってみなければならない点です。ですが、要するに、彼はメヒアをブックに載せたことがなく――メヒアはわれわれの証人を始末したんです」

「わかった、わかった」バルデスは言った。「やらねばならんな。諸君の計画はどんなものだ？」

単純な計画だった。本部長が秘書からルゾーンに連絡させ、来月に予定されている訓練日に関する書類を受け取りに本部長室まで来させる。刑事部から廊下を通って本部長室にいくまでの短い移動のために火器を装着しようとしない可能性は高かった。秘書から書類を受け取っていると、本部長がオフィスから姿を現し、ルゾーンに声をかける。そののち、本部長は旧刑務所にいるボッシュに印刷したメモを届けてくれないか、とルゾーンに頼む。刑務所に直接向かうルートは、刑事部屋を通らなかった。この計画は、ルゾーンが直接ボッシュのところにいくだろうという考えに基づいていた——わざわざ遠回りして、武器を取りに自分の席に戻るのではなく。

もしルゾーンが武器を持っているのを本部長が確認したり、ルゾーンが市警を出て、通りを横断するまえに銃を取りに刑事部へ引き返したら、即座に計画を断念することにした。

「ところで、オスカーは予備の銃を携行しているだろうか？」バルデスが訊いた。

「もしそうなら、未登録のものですね」ボッシュは言った。

「すでに登録簿を確認しています」ルルデスが付け加えた。

市警の規定では、警察官は、承認された火器リストに載っているものなら、当該警察官が管理職に通知のうえ、詳細を武器登録簿に記入するかぎり、隠し銃あるいはなんらかの予備の武器の携行を認められていた。

「オスカーが使い捨ての銃を携行していたかどうか、知っていますか？」ボッシュが訊いた。

「いや、一度も聞いたことがない」バルデスが答える。

「で、この作戦を実行しますか？」ボッシュは訊いた。

「やろう」バルデスは言った。「だが、ベラ、きみはハリーといっしょに向こうにいてほしい。応援要員として」

「了解です」

一時間後、彼らは計画を進めた。ルルデスは、ルゾーンが自分の席にいて、武器を身につけていないのを確認してから、バルデスに、ゴーサインのショートメッセージを送った。すると、本部長は、秘書にルゾーンを呼ぶよう伝え、彼が刑事部をあとにすると、ルルデスは彼が武器を置いて出ていったのを確認した。そののち、ルルデスは通用口を出て、通りを横断して旧刑務所に向かった。

ボッシュが古いトラ箱に置いた間に合わせの机をまえに腰を下ろしていると、来る訓練日のスケジュールが書かれた本部長からのメモを持って、ルゾーンが入ってきた。ルゾーンはそのメモをボッシュが天板として利用している古いドアに置いた。

「本部長からだ」ルゾーンは言った。「ここに届けるよう頼まれた」

「すまんな」ボッシュは言った。

ルゾーンは背を向け、戻ろうとした。

「きのうの夜のシルマーの一件について、聞いたか？」ボッシュが訊いた。

ルゾーンは体を反転させ、ふたたびボッシュのほうを向いた。

「シルマー？」ルゾーンは訊いた。「それがどうかしたのか？」

「おれたちの証人を暗殺した犯人がロス市警に捕まったんだ」ボッシュは言った。

ルゾーンはじっとボッシュを見ているだけで、表情にはなにも表れていなかった。

「そいつは撃った弾が自分の腹に当たった」ボッシュは言った。「だから、あまりいい容態じゃない。状態が安定し、一日、二日したら話をできるように向こうでは期待している」

「よかったな」ルゾーンは言った。「おれは刑事部屋に戻る」

ルゾーンはふたたび囚房の出入り口に向かって動きはじめた。

「心配じゃないのか、オスカー？」ボッシュは訊いた。

ルゾーンはまたしても振り返り、ボッシュを見た。

「なにが言いたいんだ？」ルゾーンは訊いた。

「つかまったのは、おまえの仲間のウィッチドクター、カルロス・メヒアだった」ボッシュは言った。「それからおれは嘘をついた。やつはもう話をしだしており、おまえを売ったぞ。おまえがマーティン・ペレスのことを自分に話したんだと証言した」

「それはデタラメだ」

ルルデスが隣の囚房から進み出て、古い囚房のまえを通っている廊下に足を踏み入れた。彼女はルゾーンの背後を取った。ルゾーンは気配を感じ、振り返ってルルデスを見た。

「これはいったいどういうことだ？」ルゾーンは言った。

ボッシュは立ち上がった。

「どういうことか知ってるだろ？」ボッシュは言った。「これはおまえがこの事態から逃れでるチャンスなんだ。なにがあったか話せ、なにをしたのか話すんだ。そうすれば、ひょっとしたら、逃れられる方法があるかもしれない」

「おれはなにもしていない。いまも言ったように、デタラメだ」

「そのやり方は間違っているぞ。あいつに影響力を与えることになる。ロス市警はメヒアの証言を固めて、おまえを狙いに来る」

ルゾーンは凍りついたように見えた。目から表情が失せ、次の動きを考えだそうとしていた。ボッシュはなにも言わなかった。ルルデスもなにも言わなかった。ふたりは待った。

「わかったよ、なあ」やがてルゾーンは言った。「おれはミスをした。あんたらふたりは、あの車庫の捜索令状についてなにも言おうとしなかった。なにか役に立てることを引っ張りだせるかもしれない、とおれは思った。あの場所がサンフェル団とどんな関係があるのかやつに訊いただけだ。それだけだ。あいつはそこからすべてを解きほぐしたんだ」

「その話は、いわゆる、デタラメだな」ボッシュは言った。「どうやってメヒアはアルハンブラにいるペレスを見つけたんだ？」

「わからん。だけど、それはおれじゃない。あんたたちがペレスを殺させてしまった元凶だ。いまさらおれをそんな目で見るな」

「いや、違うな、おまえのせいだ。おまえがメヒアに話したんだ。そして、いいか、ロス市警がメヒアに取引を持ちだせば、速攻でメヒアはおまえを売るだろうということだ」

ルゾーンはメヒアが――少なくともまだ――しゃべっておらず、自分が教科書に載っている最古の警官のはったりにひっかかったのを悟って、ボッシュをにらみつけた。ルゾーンは助けを求めるかのようにルルデスのほうを向いた。ボッシュは市警の部外者だったが、ルルデスはそうではなかった。ルゾーンはルルデスを見たが、冷たい視線は、彼女から同情を得られそうにないことを示していた。

「弁護士を呼んでくれ」ルゾーンは言った。

「逮捕手続きを取ったらすぐに連絡できるぞ」ボッシュは言った。

ボッシュは机をまわりこみ、ルルデスはベルトから手錠を外した。ボッシュはルゾーンの肩に片手を置き、ルルデスが待っている廊下のほうに押しやった。ボッシュはルゾーンを囚房から外へ連れだした。

「両手を背中にまわせ」ボッシュは言った。「手順はわかっているだろ」

ボッシュはルゾーンの肘をつかみ、ルルデスに背を向ける格好にさせようとした。その瞬間、ルゾーンは両手を持ち上げて、ボッシュを囚房の鉄格子に押しやった。そののち、囚房のなかに駆けこみ、両手で扉をスライドさせ、重たい金属の音とともに閉めた。すばやく鎖と南京錠を鉄格子に通し、扉を施錠した。

「オスカー、なにをするつもり？」ルルデスが言った。「どこにも逃げ場はないわ」

ボッシュは鉄格子にぶつかってバランスを崩していた。姿勢を立て直し、ポケットに手を突っこんで、キーホルダーを探した。そこに南京錠の鍵が付いていた。だが、キーホルダーはそこになく、鉄格子越しにそれが自分の机に載っているのが見えた。ボッシュはルゾーンを見た。彼は囚房のなかを行きつ戻りつしていた。存在しない選択肢を探している男。

「オスカー、ねえ、落ち着いて」ルルデスが言った。「そこから出てきて」

「鍵は机にある、オスカー」ボッシュは言った。「扉を解錠しろ」

ルゾーンは聞こえていないふりをしていた。何度か行きつ戻りつを繰り返し、いきなり囚房の奥行きとほぼおなじ長さのあるベンチの端に座った。身をかがめ、膝に肘をつくと手のなかに顔をうずめた。

ボッシュはルルデスに近づき、両手をコップのようにして彼女の耳に押し当てた。

「資材置き場にいき、ボルトカッターを取ってきてくれ」ボッシュはささやいた。

ルルデスはすぐに囚房のまえの廊下を駆けだし、公共事業部の資材置き場に通じるドアを目指した。それによって鉄格子越しにルゾーンを見ているのはボッシュだけになった。

「オスカー、なあ」ボッシュは呼びかけた。「扉をあけろ。力を合わせれば、この事態を解決できる」

ルゾーンは手に顔をうずめたまま黙っていた。

「オスカー？」ボッシュは声をかけた。「話してくれ。本部長をここに連れてきてほしいか？　ふたりは昔から付き合いがあるんだろう。本部長と話をしたいだろ？」

なんの反応もなかった。すると一言も言わず、ルゾーンが両手をだらんと落とし、立ち上がった。首に手をやり、ネクタイを外しはじめた。それからベンチに上がり、囚房の天井に手を伸ばした。そこには通気口に金属の格子蓋（グレーチング）がはまっていた。ネクタイの細い端をグレーチングに押しこんで、隣の開口部から出した。

「オスカー、おい、そんなことをするな」ボッシュは言った。「オスカー！」

ルゾーンはネクタイの両端を結んで、その輪を捻って8の字にした。爪先立つと、間に合わせのくびり縄に頭を通し、躊躇せずにベンチの端から足を踏みだした。

24

　ボッシュとルルデスは廊下で待っていた。市警本部長と家族だけが、集中治療室に入るのを認められていた。大方の時間、ふたりは静かに座って、自販機の紙コップに入れたコーヒーを飲んでいた。二時間が経ち、バルデス本部長が知らせを持って現れた。

「脳に酸素が供給されなかったのはほんの数分なので、大丈夫だろう、という話だ」バルデスは言った。「そこに関しては持久戦になる。それよりも懸念材料は、グレーチングが外れて地面に倒れた際の頭蓋骨骨折だ」

　ルゾーンの揺れる体が鉄のグレーチングを外し、後頭部をベンチの縁にぶつけたときの衝撃をボッシュは目撃し、耳にしていた。高飛び込みの選手が、宙返りをしたあとに飛び込み板にぶつかったかのようだった。

「意識はあるんですか？」ルルデスが訊いた。

「あった。だが、そのあと手術になった」バルデスが答える。「硬膜下血腫があり、それを除去しなければならなかったそうだ。つまり、血液を抜いて、圧力を下げるため、頭蓋骨に穴をあけたということだ」

「クソ」ルルデスが言った。

「とにかく、あの囚房で起こったことと、そこに至るまでのすべてに関する完全な報告書がほしい」バルデスは言った。「どうしてこんなに横道に外れてしまったんだ、ハリー？」

ボッシュはなんとか答えを紡ぎだそうとした。

「不意を突かれたんです」なんとかボッシュは言った。「トラ箱として使われていた時代、酔っ払いが首を吊った方法をオスカーは知っていたにちがいない」

「みんなそれを知ってる」バルデスは言った。「想定しておくべきだったな」

ボッシュはうなずいた。バルデスが正しいとわかっていた。

「おれの責任です」ボッシュは言った。「ですが、オスカーを起訴しますか？　会話はすべて携帯電話に録音しています。オスカーはメヒアについて白状しました。ミスだという形で発言しましたが、オスカーに責任があります」

「当面はそれについてはどうでもいい」バルデスは言った。「あとで考えよう」

ボッシュは本部長がこの件全体に対する怒りを隠そうとして隠し切れずにいるのがわかった。

「ベラ、署に戻り、報告書を書きはじめてくれ」バルデスは言った。

「わかりました」ルルデスは答えた。

バルデスはその場に立って気まずそうに黙りこみ、ルルデスが立ち去るのを待った。

「じゃあ、署でお会いしましょう」ルルデスは言った。

バルデスはルルデスがエレベーター乗り場に向かって廊下を歩いていくのを見守った。彼女が充分遠くまで離れたのを確認すると、バルデスは口をひらいた。

「ハリー、話をしなければならん」

「わかっています」

「保安官事務所の捜査官に来てもらい、これを調べてもらって、どう扱えばいいのか、判断してもらうつもりだ。外部の目で見てもらうのがいいことだと思う」

「手間を省いてさしあげますよ、本部長。おれがしくじった。わかってます」

「きみは、予備警察官として、常勤の警官とおなじ保護は受けられないとわかってるだろ」

「わかってます。おれは馘首になるんですか？」

「きみは自宅待機をし、保安官事務所にこの件を任せるべきだと思う」

「じゃあ、停職処分ですね」

「細かいことはどうでもいい。とにかく、家に帰れ、ハリー。そして休め。もし適切な時期になれば、きみは戻ってくる」

「もしなれば……。わかりました、本部長。そうします。囚房で録音した音声をルルデスに送ります」

「ああ、それがいいだろう」

ボッシュは背を向け、歩み去った。ルルデスが姿を消した方向に廊下を進む。

このあと、自分がサンフェルナンドのために働く可能性はとても低い、とボッシュはわかっていた。市総合庁舎に立ち寄り、古い刑務所の自分のオフィスから数冊のファイルと私物を取ってくることを考えたが、そうしないことに決めた。そのまま自宅へ車で向かった。

帰ってみると、自宅は静まり返っていた。まずポーチを確認したが、エリザベスのいる気配はなかった。次に廊下を通って彼女の寝室に向かうと、ドアがあいているのに気づいた。ベッドはメイクされたままで、箪笥には綺麗なタオルが折り畳まれて載っていた。クローゼットを確認する。ハンガーに服はかかっておらず、使っていたスーツケースも見えなかった。

エリザベスはいなくなっていた。

ボッシュは携帯電話を取りだし、自分が彼女に与えた携帯電話の番号にかけた。数秒後、家のなかで呼びだし音が聞こえ、ダイニングのテーブルに書き置きとともに携帯電話が残されているのを見つけた。書き置きは短かった。

ハリー、あなたはいい人だわ。
なにもかもありがとう。
あなたと知り合えてよかった。

エリザベス

たちまち感情の波に襲われた。まず最初に安堵感があったことを認めざるをえなかった。ボッシュの家に滞在することで彼の娘との関係を損なわせている、というエリザベスの指摘は正しかった。また、いつなんどき彼女がつまずくか、あるいはなにが原因でそうなるかわからないという、薬物中毒者との同居によるプレッシャーからの解放感もあった。

だが、次にその感情は心配する気持ちに押しだされた。エリザベスがいなくなった意味はなんだろう？　彼女は故郷のモデストに向かうのか？　あるいは、捨て去ろうと何ヵ月ももがいてきた薬物依存に戻ってしまうのか？　彼女は同居のあいだ一度も薬物再使用に陥らず、ボッシュは彼女が日に日に強くなっていると思ってきた。

エリザベスが心の明晰性（めいせきせい）を取り戻し、そのために娘の死に対する罪悪感にアクセスできるようになった点についてボッシュは考えざるをえなかった。娘の死は、生きつづけるにはとても困難なものだった。

ボッシュは引き戸をあけ、家の裏のデッキに出た。フリーウェイとその先の、ヴァレー地区を取り囲む山脈にいたるまでのロサンジェルス市の広大な広がりを見おろした。エリザベスはそのどこかにいる可能性があった。

ボッシュは携帯電話を取りだし、家のなかに引き返して、フリーウェイの騒音から逃れると、シスコ・ヴォイチェホフスキーにかけた。最後にシスコがエリザベスの恢復状況を確認してきたときから、少なくとも一ヵ月は話をしていなかった。シスコは、ボッシュの異母弟である刑事弁護士、ミッキー・ハラーのために働いている私立探偵だった。そのせいで、シスコはボッシュの軌道上に居合わせ、エリザベス・クレイトンから薬を抜くのに役に立ってくれた。

ボッシュ以上にヴォイチェホフスキーは、エリザベスの恢復に責任を果たした。オキシコドンの影響力からの即時離脱治療をおこなっているあいだ、彼はエリザベスを見守った。自身、元中毒患者だったシスコはエリザベスに付き添い、抜けさせた。最初は毎分様子を観察し、次に一時間ごと、ついで一日ごとに。その後、エリザベスは、より伝統的なリハビリ施設で一ヵ月間の解毒治療に従った。ボッシュが提供した部屋に移り住むと、シスコは毎週様子をうかがいに来た。そのチェックインは、エリザベスが再使用をすることのない三ヵ月を達成するまで、頻度を落とさなかった。

いま、ろくに事前通告なく、どこにいくのか具体的に示さずにエリザベスが姿を消したことをボッシュはシスコに話した。

「電話に出ないのか?」シスコは訊いた。

「電話はここに置いていってる」ボッシュが答える。

「それはよくないな。あとをたどられたくないんだ」

「おれもそう考えている」

ふたりはしばらく黙りこんだ。

「最悪のシナリオを考えるなら、彼女は元の暮らしに戻ることを選んだ」ボッシュは言った。「問題は、どこにいくだろうということだ」

「金は持っているのか？」シスコが訊いた。

ボッシュはそれについて頭を悩まさねばならなかった。この二ヵ月、エリザベスはボッシュがサンフェルナンド市警に働きに出かけると退屈するようになっていた。ボッシュは自分のクレジットカードを使って、彼女の携帯電話にウーバー・アカウントをインストールさせた。食料品や日用品の買い出しを任せてほしい、とエリザベスに頼まれたからだ。ボッシュはそのために現金を渡していた。クレジットカード番号を知っていたことと、買い物代金の少額のお釣りを貯めていた可能性を考慮すると、彼女はモデストに帰るため、あるいは中毒に戻るための資金はある、と考えざるをえなかった。

「あえて言うなら、持っている」ボッシュは言った。「彼女はどこへいくだろう？」

「中毒患者は習慣性の生き物だ」シスコは言った。「以前、手に入れていた場所へ戻るだろう」

ボッシュは前年、エリザベスを救出した場所のことを思い浮かべた。薬と引き換えに中毒者たちから提供された盗品の詰まった診察室が並ぶ、処方箋工場にすぎないクリニック。ボッシュがエリザベスを見つけたとき、彼女には引き換えにするものが自分自身しかなかった。

「おれが彼女を救出した場所――ヴァンナイズのいわゆるクリニック――は、もう閉鎖されているはずだ」ボッシュは言った。「ハリウッド分署の刑事だった時分の昔のパートナーが、いま州医事当局にいる。その男が現場にいて、その場所を目にしている。彼がそこを閉鎖する予定になっていた」

「確かか？」シスコが訊いた。「その手の医者は、手首にしっぺされただけで、通りの向かいにまたクリニックをあけることがたまにある」

ボッシュはジェリー・エドガーが話していたことを思いだした。いかさま医とピル・ミルを永久にやめさせるのがどれほど難しいことであるか、と。

「かけ直させてくれ」ボッシュは言った。

返事を待たずにボッシュは電話を切り、連絡先のリストを画面に出した。元のパートナーに電話をかけたところ、エドガーはすぐに出た。

「ハリー・ボッシュ」エドガーは言った。「連絡を絶やさぬようにすると言いながら、実際に連絡するまで何ヵ月もモタモタしている男」

「すまんな、ジェリー、ちょっと忙しかったんだ」ボッシュは言った。「ところで、訊きたいことがあるんだ。去年、エリザベス・クレイトンを見つけたクリニックを覚えているか？」

「ああ、シャーマン・ウェイにあった」

「そこを閉鎖させるつもりだと言ってただろ。閉鎖になったのか？」

「ちょっと待った、おれは閉鎖させようとするつもりだと言ったんだ。簡単なことじゃないんだよ、ハリー。言っただろ、どれほど――」

「ああ、わかってる、役所のなかのややこしい手続きがいろいろある、と。で、あそこは七ヵ月経って、まだ営業していると言ってるんだな？」

「おれはファイルをひらき、仕事をし、提出した。開業するための免許は、目下、いわゆる行政審査中だ。委員会がその決定を下すのを待っている」

「じゃあ、その間、あそこで見たあいつは、医者を装っているあいつは、まだあそこにいて処方箋を書いているんだ」

「おれは確認していないが、たぶんそうだろう」

「ありがとう、ジェリー、知りたいのはそれだけだ。いかないと」

「ハリー――」

ボッシュは電話を切った。シスコにかけ直すまえにボッシュは財布を取りだし、エリザベスにウーバー・アカウントを設定させるために渡したクレジットカードを掘りだした。ボッシュはカードの裏に記された電話番号にかけ、自分の直近の利用記録リストを読み上げてくれるよう、サービス担当者に頼んだ。その日の朝のウーバーの請求を別にすると、すべての購入記録はボッシュ自身がおこなったものだった。

ボッシュはエリザベスがダイニングテーブルに残していった携帯電話をつかんだ。ウーバー・アプリを起動し、その日の朝、エリザベスを乗せた運転手を評価するためのテンプレートに出迎えられた。ボッシュが運転手に五つ星の評価を与えてから、マイ・トリップのリンクをタップすると、朝の移動行程と目的地住所を示す地図が現れた。エリザベスは、ウーバーを呼んで、車が到着すると携帯電話を置いていったようだ。目的地はノース・ハリウッドのグレイハウンド・バス乗り場だった。

エリザベスがグレイハウンドのバスに乗って、市を離れたように見えるだろうが、ボッシュはそのエリアに詳しく、永年の事件捜査で、バス乗り場とその周辺に足を運んでおり、その付近は人口の流動性が高く、彼らの多くが麻薬中毒患者であり、彼らに薬物を供給する数多くのクリニックや家族経営の薬局を抱えていることを知っていた。

ボッシュはヴォイチェホフスキーにかけ直した。

「おれが彼女を救出した場所はまだ営業している」ボッシュは言った。「だが、けさ彼女が利用したウーバーの行き先を追って、ノース・ハリウッドのバス乗り場にいったのがわかった。いまごろモデストに帰ったのかもしれない。あるいは……」

「あるいはなんだ？」シスコが訊き返した。

「中毒者は自分たちの知っている場所に戻るとさっき言ってただろ。バス乗り場周辺は、かなり荒れているんだ。クリニックがたくさんあり、薬局がたくさんあり、中毒患者がたくさんいる。１７０号線の隣に、連中がたむろしている公園がある」

一瞬の沈黙ののち、シスコが応じた。

「そこで落ち合おう」シスコは言った。

（下巻へつづく）

|著者| マイクル・コナリー　1956年、フィラデルフィア生まれ。フロリダ大学を卒業し、フロリダなどの新聞社でジャーナリストとして働く。手がけた記事がピュリッツァー賞の最終選考まで残り、ロサンジェルス・タイムズ紙に引き抜かれる。「当代最高のハードボイルド」といわれるハリー・ボッシュ・シリーズは二転三転する巧緻なプロットで人気を博している。著書は『暗く聖なる夜』『天使と罪の街』『終決者たち』『リンカーン弁護士』『真鍮の評決　リンカーン弁護士』『判決破棄　リンカーン弁護士』『スケアクロウ』『ナイン・ドラゴンズ』『証言拒否　リンカーン弁護士』『転落の街』『ブラックボックス』『罪責の神々　リンカーン弁護士』『燃える部屋』『贖罪の街』『訣別』『レイトショー』『汚名』など。

|訳者| 古沢嘉通　1958年、北海道生まれ。大阪外国語大学デンマーク語科卒業。コナリー邦訳作品の大半を翻訳しているほか、プリースト『双生児』『夢幻諸島から』『隣接界』、リュウ『紙の動物園』『母の記憶に』『生まれ変わり』（以上、早川書房）など翻訳書多数。

素晴らしき世界(上)

マイクル・コナリー｜古沢嘉通 訳

講談社文庫

定価はカバーに表示してあります

2020年11月13日第1刷発行

発行者——渡瀬昌彦
発行所——株式会社　講談社
東京都文京区音羽2-12-21　〒112-8001
電話　出版　(03) 5395-3510
　　　販売　(03) 5395-5817
　　　業務　(03) 5395-3615

Printed in Japan

デザイン—菊地信義
本文データ制作—講談社デジタル製作
印刷———豊国印刷株式会社
製本———株式会社国宝社

ISBN978-4-06-516953-7

講談社文庫刊行の辞

二十一世紀の到来を目睫に望みながら、われわれはいま、人類史上かつて例を見ない巨大な転換期をむかえようとしている。

世界も、日本も、激動の予兆に対する期待とおののきを内に蔵して、未知の時代に歩み入ろうとしている。このときにあたり、創業の人野間清治の「ナショナル・エデュケイター」への志を現代に甦らせようと意図して、われわれはここに古今の文芸作品はいうまでもなく、ひろく人文・社会・自然の諸科学から東西の名著を網羅する、新しい綜合文庫の発刊を決意した。

激動の転換期はまた断絶の時代である。われわれは戦後二十五年間の出版文化のありかたへの深い反省をこめて、この断絶の時代にあえて人間的な持続を求めようとする。いたずらに浮薄な商業主義のあだ花を追い求めることなく、長期にわたって良書に生命をあたえようとつとめるところにしか、今後の出版文化の真の繁栄はあり得ないと信じるからである。

同時にわれわれはこの綜合文庫の刊行を通じて、人文・社会・自然の諸科学が、結局人間の学にほかならないことを立証しようと願っている。かつて知識とは、「汝自身を知る」ことにつきていた。現代社会の瑣末な情報の氾濫のなかから、力強い知識の源泉を掘り起し、技術文明のただなかに、生きた人間の姿を復活させること。それこそわれわれの切なる希求である。

われわれは権威に盲従せず、俗流に媚びることなく、渾然一体となって日本の「草の根」をかたちづくる若く新しい世代の人々に、心をこめてこの新しい綜合文庫をおくり届けたい。それは知識の泉であるとともに感受性のふるさとであり、もっとも有機的に組織され、社会に開かれた万人のための大学をめざしている。大方の支援と協力を衷心より切望してやまない。

一九七一年七月

野間省一